Turbulente Ferien

Vorwort

Ich wollte Ferien machen über Weihnachten, war mir aber noch nicht ganz im Klaren, ob an der Sonne oder im Schnee. Von Freunden wurde mir ein Hotel in Österreich empfohlen, dass ich noch gar nicht kannte, aber sie meinten dort hätte ich alles, um mich richtig zu erholen.

Deshalb suchte ich mir eines Tages ein Reisebüro auf, als ich eintrat, kam mir ein junger gutaussehender Reisebüromitarbeiter lächelnd entgegen. „Guten Tag, mit was kann ich dienen? " „Guten Tag, ich möchte Ferien buchen, weiß aber nicht genau ob in der Sonne oder im Schnee." „Na dann setzen sie sich mal, da werden wir zusammen schon eine Lösung finden, " lächelte er mir zu.
Ich setzte mich. Er nahm Prospekte hervor. Moment ich hatte mir doch ein Hotel aufgeschrien, ich nahm den Zettel aus

meiner Tasche und reichte sie Herrn Marthaler. „Ah das Hotel kenne ich, das ist sehr schön, dort habe ich auch schon die schönsten Tage des Jahres verbracht. Das sieht aus wie ein kleines Schloss, weil es von einem Wäldchen umgeben ist. Es hat jetzt gerade einen neuen Wellness Bereich gekriegt. Ich zeige ihnen mal was sie dort erwarten würden." Er nahm einen Prospekt hervor und breitete ihn vor mir aus. Ich schaute verstohlen auf seine Finger ob ich dort einen Ring blitzen sah, es war aber nirgends etwas darauf zu deuten das er einen tragen würde. Ich war ja bis vor kurzem selbst in der Hotelbranche tätig, bis ich krank wurde. Jetzt steht die Erholung an, bevor ich wieder ins Hotelfach einsteige.

„Oh das sieht ja klasse aus." „Dort können sie wählen zwischen einem Einzelzimmer oder Doppelzimmer ohne Aufpreis, dann gibt es die Hotelzimmer oder Ferienwohnungen mit Selbstverpflegung, danach hätten wir das Schwimmbad und ganz neu mit Sauna, einen richtig schönen Wellness Bereich. Das Hotel liegt nur etwa fünf Minuten von den Skiliften entfernt und ca. eine halbe Stunde zu Fuß vom Dorf weg, es hält aber auch direkt vor dem Hotel ein Bus." Sogar Herr Marthaler kam hier ins Schwärmen. „Na das hört sich ja super an. Ich glaube das werde ich direkt Buchen." „Dann müssten sie mir ihre Wünsche sagen, wie zum Beispiel wie viele Personen, und so weiter." „Also ich reise allein und hätte gerne Halbpension, mein Name ist Martina Betz, sie könnten ja mitkommen und auf mich aufpassen, zwischendurch muss man das," schäkerte ich und blinzelte ihm zu. Er war auch um keine Antwort verlegen, lachte: „liebend gerne, aber wer würde hier meine Arbeit machen und den Kunden so super Angebote vermitteln?"

Wir lachten beide. Somit habe ich die Ferien gebucht, und zwar gerade zwei Wochen, ich verabschiedete mich mit einem festen Händedruck und einem Lächeln. Als ich das Reisebüro verließ, atmete ich tief durch. So der erste Schritt wäre gemacht.

Ich lief noch ein bisschen durch die Geschäfte, setzte mich in ein Kaffee, trank etwas und studierte ein wenig die Prospekte an, die mir Herrn Marthaler mitgegeben hatte. Das sah wirklich wie ein kleines verwunschenes Schlösschen aus, so umgeben vom Wald. Das wird sicher ein toller Urlaub. Ich freute mich schon riesig auf die paar unbeschwerten Tagen.
Ein paar Tage später, als ich bei herrlichem Wetter einen Spaziergang unternahm, ich war ja immer noch krankgeschrieben, kam ich zufällig am Reisebüro vorbei. Ich blieb einen kurzen Moment unschlüssig stehen, nach kurzem Überlegen, wollte ich meinen Spaziergang fortsetzen. Da ging die Türe des Reisebüros auf und Herr Marthaler stand lächelnd auf der obersten Stufe. „Oh Hallo Frau Betz wollten sie zu mir?" „Nein, eigentlich machte ich nur einen Spaziergang bei dem herrlichen Wetter und kam zufällig hier vorbei." War dem doch keine Rechenschaft schuldig.

Anscheinend war er gerade im Begriff zuzuschließen. „Gibt es schon Feierabend?" „Ja, am Mittwochnachmittag habe ich immer geschlossen." „Das habe ich ja ganz vergessen das Mittwoch ist, da können sie ja den wundervollen Nachmittag genießen." Er schaute mich ein wenig zu lange an, wusste aber nicht ob er was sagen sollte. „Dann wünsche ich ihnen einen schönen Nachmittag." Ich wollte weitergehen, da hielt er mich zurück. „Habe mir gerade überlegt, ob sie mit mir nicht dort drüben einen Kaffee trinken gehen?"

Ich hielt seinem Blick stand, lächelte und meinte: „darf es auch einen Eisbecher sein?" Jetzt lachte er. „Von mir aus auch einen Riesen großen Eisbecher." „Ach übrigens, ich bin Martina." „Dann bin ich Florian. Dann komm Martina, dein großer Eisbecher wartet." Lachte er. Wir schlenderten nebeneinander zum nächsten Kaffee, als wir uns gesetzt haben, bestellte er zwei Eisbecher. „Florian ich habe das vorhin nur als Spaß gemeint." „Das war mir klar, dachte mir nur, den sollst du jetzt kriegen. Wenn ich das jetzt so sagen darf, du siehst auch ein wenig müde aus." „Ja bin ich auch, war lange krank, deshalb will ich auch diese Ferien machen." „Oh, ich wollte dich nicht ausfragen." „Kein Problem."

Die Bedienung brachte uns den Eisbecher, den wir uns auch schmecken ließen. Als wir fertig waren, fragte Florian. „Darf ich dich als Abschluss noch zu einem kleinen Spaziergang an den See einladen?" „Hast du denn nichts besseres vor?" „Nein habe ich nicht, möchte nicht einfach nur allein in meiner Bude herumsitzen, bei dem schönen Wetter." „Na, wenn das so ist dann sehr gerne." Wir bezahlten und machten uns auf den Weg zum See. Ich schaute Florian ein wenig von der Seite an, bemerkte aber, dass er gerade ausschaute, da hackte ich mich bei ihm ein. Er lächelte mich nur an.

Es war richtig schön, einen solch unbeschwerten Nachmittag zu erleben. War ja nicht auf der Suche nach einem Mann, aber diese Unbeschwertheit, die Florian hatte, tat richtig gut. Wir schlenderten gemütlich um den See herum und quatschten über belanglose Sachen. Als wir wieder zurück waren verabschiedeten wir uns voneinander. „Martina es war ein richtig schöner Nachmittag." „Ja, da hast du absolut recht, hat mir auch sehr gutgetan." „Vielleicht können wir das ja wieder einmal wiederholen, wenn du überhaupt von den Ferien zurückkommst." „Wieso sollte ich nicht zurückkommen?" „Man weiß ja nie was du dort alles erlebst, möchte aber, dass wir immer in Kontakt bleiben." „Das auf jeden Fall, ich sage einfach nur auf Wiedersehen Florian, es war ein super Nachmittag mit dir." „Tschüss Martina, bis ein andermal." Er gab mir auf beide Wangen ein Küsschen, dann drehte er sich um und marschierte in die Entgegengesetzte Richtung davon. Bevor er um die Kurve bog drehte er sich noch einmal um, lächelte und winkte mir noch einmal zu. Auch ich winkte lächelnd zurück.

War das ein schöner Nachmittag gewesen, der hat mir so richtig gutgetan. Ich habe es so richtig genossen. Nun war ich aber richtig auf meine Ferien gespannt, den Florian machte so komische Andeutungen. Aber wieso sollte ich nicht mehr zurückkommen. Ich schüttelte leicht den Kopf.

1

Ein paar Wochen später packte ich die Koffer und freute mich riesig auf diesen Urlaub, den ich mir redlich verdient hatte. Gebucht hatte ich nach Weihnachten, so hoffte ich, nicht mehr so großen Drubbel zu haben. Nach einer kurzen unruhigen Nacht stand ich frühzeitig auf und ging unter die Dusche, um wenigstens ein bisschen frisch auszusehen.

Als ich fertig war, nahm ich den Koffer, meine Handtasche und schlenderte zum Bahnhof. Wenn ich Skifahren wollte, werde ich mir ein paar leihen, so musste ich nicht viel tragen. Als ich am Bahnhof angelangt war, sah ich einen Menschenauflauf, den man sich gar nicht vorstellen konnte. Zum Glück hatte ich dieses Mal in der ersten Klasse gebucht und reserviert. Als der Zug in den Bahnhof einfuhr, die Fahrgäste ausgestiegen waren, stieg ich ein. Jetzt fing das suchen an, aber wie ich vorhergesehen hatte, stiegen nicht viele Leute in der ersten Klasse ein. Also hatte ich auch keine Probleme mein Abteil zu finden, denn es war alles mit Namen beschriftet. Ich schob die Türe auf, trat ein und verstaute meine Sachen in der Ablage. Danach sah ich als erstes ob noch mehr Namen für dieses Abteil zu lesen waren. So wie ich das sah war ich allein, was ich gar nicht so schlimm fand. Nun setzte ich mich und atmete tief durch, denn ich wurde noch sehr schnell müde. Nach meiner langen Krankheit fuhr ich ja auch in Urlaub, um mich wieder ein wenig zu erholen, deshalb war ich froh allein im Abteil zu sitzen.

Nun fing der Zug an zu rollen, ich kuschelte mich in die Sitze und genoss die Fahrt. Draußen war strahlend schöner Sonnenschein und der Schnee glitzerte wie kleine Kristalle, herrlich. Als ich so in Gedanken versunken war, ging die Abteiltüre auf und der Schaffner stand vor mir. Ich brachte nur ein Hallo heraus, den das was ich sah haute mich fast um, zum Glück saß ich schon, denn es war ein junger gutaussehender blonder Bursche mit lachenden blauen Augen. „Guten Tag, dürfte ich ihre Fahrkarte sehen?" „Na sicher, einen Moment." Ich kramte in meiner Handtasche nervös herum, weil ich sie im ersten Moment nicht fand. Der Schaffner lachte und meinte: „Nur mit der Ruhe, wir haben Zeit." Als ich sie fand gab ich ihm die Fahrkarte und ich wurde richtig rot, mir wurde heiß und kalt. Ich benahm mich gerade wie ein Teenager. Er gab mir die Karte zurück und nickte mir zum Gruß noch mal lächelnd zu.

Als ich wieder allein war, schloss ich ein wenig die Augen und träumte vor mich hin. Mir ging dieser junge gutaussehende Schaffner nicht mehr aus dem Kopf. Was war denn mit mir los, dass mir ein Schaffner so den Kopf verdrehen konnte? Aber auch Florian sah sehr gut aus. Jetzt plötzlich tauchten die netten und gutaussehenden jungen Männer auf, die wären besser vor ein paar Jahren in mein Leben treten sollen. Aber einen Mann konnte ich in meiner Situation jetzt gar nicht gebrauchen. Ich wollte das Leben jetzt so richtig und ausgiebig genießen. Langsam kriegte ich Hunger, deshalb stand ich auf und suchte den Speisewagen auf. Ich bestellte mir einen kleinen gemischten Salat, Brötchen und etwas zu trinken. Ich nahm mir viel Zeit zum Essen und genoss es richtig. Die Fahrt ging ja noch sehr lange, draußen herrschte immer noch super Wetter, das konnten ja nur schöne Ferien werden.

Als ich mich wieder im Abteil in die Sitze kuschelte, schloss ich die Augen und schlief doch tatsächlich ein, ich war auch richtig müde geworden. Als ich wieder erwachte ging es mir auch wieder besser, die Müdigkeit war verflogen. Ich setzte mich richtig hin, schaute zum Fenster hinaus und sah voller Schreck, dass wir schon bald am Ziel angelangt waren. Dann habe ich ja fast zwei Stunden geschlafen, es hat aber sehr gutgetan.

Ich hörte die Stimme aus dem Lautsprecher die uns mitteilte, dass wir in ca. 30 Minuten den Bahnhof in Wörgl erreichten. Dort musste ich umsteigen in einen Bus. Diese Fahrt dauerte noch einmal 30 Minuten bis ich das Ziel in Söll erreicht habe. Ich suchte meine Habseligkeiten zusammen, zog die Jacke an, danach schaute ich zum Fenster raus, denn der Zug wurde langsamer.

Deshalb verließ ich das Abteil, schaute nochmal zurück ob ich wirklich alles hatte. Als der Zug hielt stieg ich aus, schaute mich um, wo ich eigentlich hinmusste, zu den Bussen, die mich ans endgültige Ziel brachten. Als ich in den Bus gestiegen war, freute ich mich schon richtig auf das Hotel und den Urlaub. Der Bus fuhr durch die Verschneiten Dörfer bis nach Söll, meinem Ziel.

Ich stieg aus dem Bus, der Busfahrer gab mir meinen Koffer. Als der Bus abgefahren war, sah ich mich ein wenig um, das war ja traumhaft schön hier. Ein Hotelangestellter trat hinter mich: „Guten Tag, haben sie hier reserviert?" „Ja habe ich." „Na dann kommen sie mal mit an die Wärme. Ich zeige ihnen wo die Rezeption ist." Er nahm mir den Koffer ab und führte mich nach drinnen an die Rezeption. „Guten Tag, darf ich nach ihrem Namen fragen?" „Mein Name ist Martina Betz." „Herzlich Willkommen Frau Betz, sie haben Zimmer 21 im zweiten Stock. Ihr Gepäck ist schon oben. Frühstück ist von 8,00Uhr bis 11,00 Uhr und das Nachtessen von 19,00 Uhr bis 22,00 Uhr, wenn sie möchten gibt es um 16,00 noch ein Begrüßungstrunk für die Neuangekommenen. Hier drüben ist der Fahrstuhl, der sie nach oben bringt. Ich wünsche ihnen einen angenehmen Aufenthalt." Ich nahm den Schlüssel entgegen und bedankte mich mit einem Lächeln.

Als ich auf der zweiten Etage den Lift verließ, musste ich mich erst Orientieren in welche Richtung mein Zimmer war. Na, ich gehe mal rechts und anscheinend stimmte es auch. Als ich vor meinem Zimmer die Karte in den Scanner steckte, war ich richtig gespannt was mich drinnen erwartete. Die Türe schob ich einen Spalt breit auf und steckte meinen Kopf vorsichtig rein. Aber was ich da sah, verschlug mir die Sprache. Ich schob die Türe ganz auf und trat ein, ich stand mitten im

Schlafzimmer mit einem Doppelbett, daneben ein großer Kleiderschrank mit kleinem Tresor und einer Mini Bar, vor dem Bett war ein kleiner Schreibtisch, in der Ecke ein Sofa und neben dem Bett war ein Sideboard mit kleinem Fernseher. Das Zimmer war ziemlich groß. Mal noch das Badezimmer inspizieren. Oh, sah das schön aus, alles aus Marmor, Doppelwaschbecken mit Riesen Spiegel, separate Dusche und Badewanne, sah das klasse aus.

Da hatte mir Florian nicht zu viel versprochen. Wenn der jetzt hier wäre würde ich ihn direkt umarmen vor Freude. In diesem Moment klingelte mein Handy, als ich schaute wer es war, kam ein Lächeln auf mein Gesicht, es war tatsächlich das Reisebüro.

Ich nahm ab und meldete mich. „Guten Tag Martina, hier ist Florian Marthaler." „Guten Tag Florian hast du gehört das ich gerade an dich gedacht habe?" Fragte ich lachend. Es kam ein sehr angenehmes lachen vom anderen Ende zurück. „Ja da hatten wir ja den gleichen Gedanke, ich wollte eigentlich nur Nachfragen, ob du alles zu deiner Zufriedenheit vorgefunden hast?" „Naja wie soll ich sagen." Ich machte eine kurze Pause. „Es ist alles super, du hast mir nicht zu viel versprochen, wenn du jetzt hier wärst, kriegtest du eine Umarmung von mir." „Oh die Umarmung kann ich mir ja ausdenken." Lachte er. „Da bin ich ja beruhigt, wenn du aus dem Urlaub zurück bist, könnten wir uns mal auf einen Kaffee treffen und du berichtest mir wie es dir dort so gefallen hat." „Oh das machen wir, ich freue mich schon drauf." „Dann wünsche ich dir einen ganz schönen Urlaub und bis bald." „Dankeschön, bis bald." Wir legten auf.

Nun packte ich erst den Koffer aus, danach zog ich mich aus und stieg unter die Dusche, das tat richtig gut. Als ich aus der Dusche kam, rubbelte ich mich trocken und wickelte mich in ein Badetuch ein, so legte ich mich aufs Bett, dachte noch über den Anruf des Florian Marthaler nach, döste darüber aber ein, mein Traum ging aber dann wieder zu dem Schaffner.

Als ich wieder erwachte war es schon dunkel, ich schüttelte noch ein wenig meinen Kopf ab diesem Traum, warf aber dann doch einen Blick auf die Uhr, da erschrak ich aber doch, wie spät es schon war. Hatte ganz den Begrüßungstrunk verschlafen. Jetzt wusste ich auch wieso mein Bauch anfing zu knurren, es war Essenszeit. Also Anziehen und schauen ob ich was zu futtern kriege. Aber was zog ich am besten an, das war noch relativ schwierig. Heute Abend reichte eine Hose und ein schöner Pullover. Oh, die Haare sollte ich auch noch ein wenig richten, die standen ja in alle Himmelsrichtung. Als ich mein Spiegelbild betrachtete war ich recht zufrieden.

Als ich nach unten kam und den Speisesaal aufsuchte, war schon reger Betrieb. Ein Kellner kam mir entgegen. „Darf ich ihre Zimmernummer wissen?" „Das ist die 21." „Danke, dann kommen sie mal mit, es ist für sie ein schöner Tisch am Fenster reserviert und den haben Sie am Morgen und am Abend während ihres Aufenthalts." „Vielen Dank das ist ja super." lächelte ich den Kellner an. Er nickte mir zu und verschwand wieder. Erst setzte ich mich und sah mich ein wenig um, es war ein sehr schöner Saal mit einem Riesen großen Buffet. Wie ich von hier aus sehen konnte war sehr viel aufgebaut. Deshalb stand ich auf und suchte das Buffet auf, ich nahm ein Teller und schaute mal auf was ich Lust hatte. Als ich den Teller gefüllt hatte, stellte ich ihn auf den Tisch und holte mir noch ein Getränk.

Ich setzte mich, ließ mir das Essen schmecken, nahm mir dafür sehr viel Zeit, denn ich hatte nichts mehr vor. So konnte ich noch ein wenig die Leute betrachten, man sah ja immer alles Verschiedenes. Als ich fertig war, holte ich mir noch ein Dessert und einen Kaffee, dies gehörte in den Ferien einfach dazu. Leider musste ich auch noch jede Menge an Tabletten schlucken und diese zum Essen nehmen, ich versuchte sie so heimlich wie möglich zu nehmen, damit es nicht alle Leute gleich mitkriegen und einen falschen Eindruck von mir kriegten.

Es war schon ziemlich spät, deshalb stand ich auf und vertrat mir noch ein wenig in der Lobby die Füße und schaute mir die Souvenirs an. Da gab es Pullover mit dem Hauseigenen Logo, Mützen und auch Tischorts, wie auch noch kleinen Krimskrams zum Sammeln.

Ich setzte mich noch ein wenig hin und beobachtete die Leute, manche waren richtig gehetzt. Das Verstand ich gar nicht, denn in den Ferien sollte man es genießen und alles mit der Ruhe angehen. Ich bestellte mir noch einen alkoholfreien Drink, den wegen der Tabletten, sollte ich möglichst auf Alkohol verzichten. Ich genoss diesen ersten Abend so richtig. Besichtigte später dann noch den Wellness Bereich, bevor es nach oben in mein Zimmer ging. War auch recht müde.

Oben angekommen, ließ ich noch den Fernseher ein wenig an, zog mich dazu schon mal aus und machte mich Bettfertig. Ich legte mich auch schon ins Bett, aber von dem Film sah ich nicht viel, den meine Gedanken wanderten zu Florian, den würde ich wirklich sehr gerne wiedersehen. Leider hatte ich keine Private Handy Nummer von Florian, nahm aber mein Telefon trotzdem in die Hand, in der Hoffnung eine Nachricht vorzufinden. Konnte zwar nicht sein.

Als ich aufs Display schaute, war doch tatsächlich eine Nachricht drauf, von wem die wohl war. Na wenn ich sie nicht öffnete, werde ich dies nie erfahren. Richtig verblüfft schaute ich auf die Nummer, die mir ja unbekannt war. Ich öffnete sie, jetzt war mein erstaunen noch grösser. Die Nachricht war von Florian. Er wünschte mir eine gute Nacht. Ich schaute auf die Uhr, es war schon recht spät, war mir egal. Ich schrieb Florian zurück und wünschte auch ihm eine gute Nacht und prompt kam ein Dankeschön zurück. Der hat wahrscheinlich auf meine Nachricht gewartet, das so schnell was zurückkam. Ich musste lächeln. Jetzt kuschelte ich mich unter die Decke und schlief mit einem Lächeln ein.

2

Am nächsten Morgen als ich erwachte leuchtete die Sonne durch die Vorhänge. Ich stand auf, zog die Vorhänge auf und musste erst blinzeln. Oh, war das herrlich, die Sonne schien in voller Pracht, der Schnee glitzerte wie kleine Kristalle, das konnte nur ein herrlicher Tag werden. Also Duschen, anziehen, Frühstücken, danach sehen wir weiter. Genau so machte ich es. Das Frühstück war wieder ein großes Buffet mit allem was das Herz begehrte. Es gab Süßes oder herzhaftes. Verschiedene Brötchen, dazu Butter, Marmelade, Joghurt, Cornflakes, oder auch Fleisch und Käse. Einfach alles was das Herz begehrte. Ich holte wieder einen Teller voll gute Sachen, hier hatte ich auch großen Hunger, muss wahrscheinlich an der frischen Luft liegen.

Als ich mit frühstücken fertig war, ging ich noch einmal nach oben, zog mir warme Stiefel an, eine Mütze auf den Kopf gestülpt, eine dicke Jacke angezogen. So konnte es jetzt los gehen. Ich ging mit dem Lift nach unten und trat hinaus. Es war super Wetter, aber trotzdem noch kalt. Ich schlug den Weg Richtung Dorf ein, es war einfach nur herrlich, wie der Schnee unter den Füssen knirschte, die Kälte war eigentlich auch nicht schlimm. Ich schlenderte durchs Dorf und sah mir die Schaufenster an, die Auslagen waren großartig und wenn ich dann etwas mit nach Hause nehmen wollte, gab es auch viele Souvenir Läden, aber kaufen werde ich erst Ende Ferien. Ich wusste ja noch nicht genau wie es nach dem Urlaub weitergehen soll, zuerst muss ich eine neue Arbeit finden. Jetzt genieße ich es erst mal richtig und eine neue Bleibe, hatte in letzter Zeit nur ein Zimmer in einer Pension gemietet.

Ich betrat ein kleines Kaffee, bestellte dort eine heiße Schokolade mit viel Sahne. Ich schaute dem treiben ein wenig zu, da fing es doch tatsächlich an zu schneien. Ganz kleine Flocken stiegen vom Himmel, deshalb blieb ich noch ein wenig sitzen. Vorher noch Sonne und jetzt dies. Ich war so damit beschäftigt dem Schnee zuzuschauen, dass ich gar nicht merkte wie die Zeit verging. Nun wurde es Zeit zu zahlen und Richtung Hotel zurück zu schlendern. Ich machte aber einen Umweg und schaute noch ein wenig in verschiedenen Geschäften vorbei. Neben einem Baum der mitten im Dorf stand machte ich mit dem Handy noch ein Foto von mir und dem Schnee. Dies schickte ich schnell an Florian, mit einem lieben Gruß.

Heute ging ich früher ins Hotel. Dort angekommen, ging ich nach oben, überlegte kurz, zog mich aus und Badesachen an, ein Bademantel darüber, ach Badeschlappen sollte ich auch noch anziehen. So machte ich mich auf in den Wellnessbereich. Das tat richtig gut. Es waren auch nicht so viele Leute hier. Als ich genug hatte ging ich nach oben, um mich fürs Essen umzuziehen. Irgendwie hatte ich heute richtig Hunger. Deshalb zog ich mich frisch an, frisierte noch ein wenig meine Haare. Nun schlenderte ich ganz gemütlich nach unten, hatte zwar Hunger, aber eben nicht eilig. Hier hatte man Zeit.

Deshalb nahm ich mir auch heute sehr viel Zeit mit Essen, am Schluss nahm ich noch die Tabletten und ein Dessert durfte auch nicht fehlen. Als ich mit Essen fertig war, überlegte ich mir was ich mit dem angebrochenen Abend noch anfangen könnte. Ich glaube ich mache noch eine Nachtwanderung, danach kann ich sicher gut schlafen. Als ich oben ankam, zog ich mich sehr warm an, denn ich vermutete das es um diese Zeit kalt sein wird. Es war ja schon nach 22,00 Uhr

Als ich nach draußen trat war es bitter kalt. Es waren noch ein paar Nachtschwärmer unterwegs, aber ich achtete auf niemanden, es waren viele verliebte Pärchen und plötzlich tat das ein wenig weh, so allein zu sein. Deshalb genoss ich es einfach, denn ändern konnte ich es zurzeit ja wohl kaum. Wenn es nicht so spät gewesen wäre hatte ich vielleicht mal diesen Florian Marthaler angerufen, aber der schlief sicher schon. Das verschiebe ich mal besser auf morgen sonst kriegt der noch einen Herzinfarkt und fällt zum Bett raus. Bei dem Gedanken musste ich lächeln.

3

Als ich am nächsten Morgen erwachte und die Vorhänge aufzog, rümpfte ich ein wenig die Nase. Denn in der Nacht hatte es ziemlich geschneit und heute Morgen war das Wetter richtig durchzogen. Dann werde ich heute nach dem Frühstück noch einmal einen Spaziergang durchs Dorf machen, denn es sieht weiterhin nach Schnee aus. Also Duschen, Anziehen und Frühstücken. Als ich aus der Dusche kam, machte mein Handy einen hellen Lärm, als ich darauf schaute, waren drei Nachrichten darauf, zwei super Fotos und einen schönen guten Morgen Gruß von Florian. Ich schrieb zurück, denn auch ich wünschte ihm einen schönen guten Morgen, bedankte mich für die Fotos. Ich sagte ihm noch das es schön wäre, wenn er jetzt hier wäre und wir gemeinsam durch die verschneite Landschaft bummeln könnten. So jetzt wurde es Zeit zum Frühstücken. Heute waren nicht viele im Speisesaal, die meisten schliefen wahrscheinlich noch bei dem Wetter. Deshalb genoss ich das Frühstück besonders, auch die Kellner waren heute Morgen richtig freundlich und zuvorkommend. Als ich fertig war ging ich nach oben und zog mich richtig warm an.

Als ich aus dem Hotel trat, traf mich ein richtig eisiger Wind. Ich zog den Kragen meiner Jacke enger zu und schlug erst die Richtung durch den Wald ein. Auf den Bäumen lag ziemlich viel Schnee, der ganz fein runter rieselte, plötzlich sah ich etwas weißes davonhopsen. Als ich noch einmal hinschaute war es ein Schneehase, der mich aus großen Augen beobachtete. Ich setzte aber meinen Weg gemütlich fort. Als sich der Wald lichtete und ich raus trat merkte ich erst das ich auf der anderen Seite des Dorfes stand.

Plötzlich stand ich vor dem kleinen Kaffee wo ich schon einmal war, deshalb trat ich ein, denn etwas Warmes konnte ich jetzt gut gebrauchen, war nämlich ziemlich durchgefroren. Ich setzte mich an einen freien Tisch am Fenster und bestellte mir eine heiße Schokolade. Draußen fing es ganz fein zu schneien an. Ich merkte gar nicht das jemand hinter mich getreten war, erst als eine Stimme mich ansprach, erhob ich erschrocken das Gesicht.

„Hallo, na das ist aber ein Zufall, sie hier anzutreffen." Ich schaute auf und blickte direkt in die lachenden Augen des Schaffners. „Hallo, ich hätte ja mit allem gerechnet, aber sie anzutreffen, gar nicht." „Darf ich mich einen Moment zu Ihnen setzen?" „Der Platz ist noch frei, sie haben aber ein gutes Gedächtnis unter all den vielen Fahrgästen mich wieder zu erkennen," lächelte ich.

„Also ich bin der Sascha." „Ich heiße Martina." „Das freut mich Martina." „Ganz meinerseits." Wir lachten beide. „Martina trinkst du noch eine Schokolade mit mir? Übrigens hast du im Zug großen Eindruck auf mich gemacht und so jemand vergisst man nicht mehr." Ich nickte, so bestellte er noch zwei Getränke. Er nahm das Gespräch wieder auf. „Gefällt es dir hier und konntest du dich ein wenig ausruhen?" „Ja mir geht es eigentlich sehr gut, das Hotel ist perfekt, das Essen gestern Abend einfach fantastisch und erst mein Zimmer himmlisch. Ich bin in dem Hotel ganz hinten, im Wald, dass einem Schlösschen gleicht." Er lächelte nur hintergründig. Aber darüber machte ich mir noch keine Gedanken. Mehr wollte ich von mir noch nicht preisgeben, ich kenne ja diesen Sascha gar nicht richtig. „Die ersten Tage habe ich erst mal geschaut was dieses Dorf so zu bieten hat. Was Morgen ist weiß ich noch nicht." Er lachte und blinzelte mir zu. Ich dachte mir noch nichts dabei.

Als wir ausgetrunken hatten, fragte Sascha: „darf ich dich ein bisschen durchs Dorf begleiten?" „Ja gerne, anscheinend kennst du dich hier ja aus, da kannst du mir das eine oder andere Zeigen, wenn du nichts Besseres vorhast. Aber zuerst müsste ich noch zahlen." „Nein brauchst du nicht ist schon erledigt." Ich schaute ihn von der Seite an, sagte aber nur: „Vielen Dank." „Bitteschön habe ich gerne gemacht." Ich wurde aus diesem Typen nicht schlau, aber so ein wenig durchs Dorf schlendern kann ja nicht schaden und passieren wird mir sicher auch nichts.

Wir zogen die Jacken an, traten nach draußen wo es inzwischen richtig große Flocken schneite. Zum Glück hatte ich eine Mütze dabei. Wir schlenderten nebeneinander her, er zeigte mir verschiedene Sachen und dann noch wo die Skilifte waren, die waren wirklich nur einen kleinen Sprung vom Hotel entfernt. Das war ja ideal, wenn ich eventuell Morgen mal auf den Berg möchte. Das Dorf war sowieso noch ziemlich groß, weiter weg sah ich das eine neue Siedlung gebaut wird. Ich fragte mal nach: „Sascha wird dort hinten neu gebaut?" „Ja Martina, dort gibt es neue kleine Häuser, irgendwann werde ich dir diese mal zeigen." „Irgendwann ist gut, ich bin nur zwei Wochen hier," lachte ich. Sascha sagte kein Wort.

„Sascha langsam wird es Zeit mich ins Hotel zu begeben, langsam kriege ich auch Hunger." „Ja so langsam meldet sich auch mein Bauch, Martina sehen wir uns wieder mal?" „Ja der Ort ist ja nicht groß, da laufen wir uns sicher wieder mal über den Weg. Ich wünsche dir einen schönen Abend." „Danke, das wünsche ich dir auch." Nun ging jeder seinen Weg. Ich schaute Sascha noch verstohlen hinter her. Eigentlich war das ein super Typ und auch noch nett dazu. Aber so jemand ist doch sicher schon vergeben. Aber eigentlich war ich nicht auf der Suche nach einem Mann, denn was mir passiert ist lässt mich an der ganzen Menschheit ein wenig zweifeln. Als ich krank wurde hat mich mein Mann verlassen, weil er mit der Situation nicht fertig wurde. Seit damals habe ich auch keinen Mann mehr angesehen oder an mich herangelassen, bis ich Florian kennen lernte, war auch nicht auf der Suche.

Als ich auf dem Zimmer war, zog ich mich aus und ging unter eine heiße Dusche. Die Tat auch richtig gut. Danach zog ich mich hübsch an. Als ich nach unten kam, war der Saal schon richtig gefüllt, weil jeder durcheinander sprach war es ein richtiges Geschnatter. Ich setzte mich an meinen Tisch, als der Kellner mich sah brachte er mir das gleiche Getränk wie gestern Abend.

„Hallo, ich dachte sie nehmen sicher das gleiche Getränk wie gestern Abend?" „Da haben sie gut mitgedacht, " lachte ich. Nun wurde es aber doch Zeit sich ans Buffet zu begeben, sonst kriegte ich ja wirklich nichts mehr. Ich füllte meinen Teller, als ich wieder zurück an meinen Tisch wollte saß aber jemanden dort. Na, warte so geht es dann gar nicht. Ich stellte meinen Teller richtig abrupt auf den Tisch das es knallte, öffnete meinen Mund, um zu meckern, es kam aber kein Ton heraus und der Mund blieb offenstehen. Denn als der unbekannte den Kopf hob und mich anlachte, wackelte ich. Er stand auf und setzte mich auf den Stuhl, mit seinen Fingern machte er meinen Mund zu, der ja immer noch offen war.

„Hallo Martina ich wollte dich nicht erschrecken. Warte ich hole mir auch schnell was zu essen, denn zu zweit ist es doch gemütlicher." Ich nickte und schüttelte den Kopf. Ich fragte mich nur was Sascha plötzlich hier an meinem Tisch und vor allem in meinem Hotel zu suchen hatte.
Als er wieder mit einem gefüllten Teller und etwas zu trinken zurückkam, hatte ich die Sprache wiedergefunden. „Sascha,

kannst du mir mal verraten, was du eigentlich hier machst, du bist ja wohl kein Gast und dann besitzt du noch die Frechheit und holst dir was zu Essen. Und niemand hält dich auf?" „Na Martina, ich gehöre hier fast zum Inventar," lachte er. „Was soll das jetzt schon wieder heißen? Also deine Frechheit ist ja nicht zu übertreffen." Ich schüttelte nur noch den Kopf. „Moment mal, bevor du ein schlechtes Bild von mir kriegst." Er schaute sich um und winkte einen Kellner herbei.

Der Kellner kam auch sofort. Auch darüber staunte ich. „Sebastian, könntest du der Dame sagen wer ich bin. Sie glaubt nämlich, dass ich mich an dem Buffet bereichere und für sie nichts mehr übrigbleibt." Jetzt blinzelten die zwei sich auch noch zu und ich verstand gar nichts mehr. Da nahm dieser Sebastian mit einem Lächeln das Gespräch auf. „Dies ist Sascha Kästner, der Sohn des Hauses und der Juniorchef." Mir blieb schon wieder der Mund offenstehen, Sebastian zog sich lachend zurück. Aus den Augenwinkeln sah ich das der Kellner, der mich zuvor bedient hatte, uns argwöhnisch beobachtete und diesen Sebastian ansprach.

Auch Sascha lachte und machte mir noch einmal den Mund zu. Als ich die Sprache wiedergefunden hatte, fragte ich doch mal nach was das sollte. „Sage mir mal was das alles soll, ein Chef setzt sich nicht einfach an den Tisch eines Gastes, den er erst seit ein paar Stunden kennt, oder liege ich da falsch?" „Nein du liegst vollkommen richtig, das habe ich zum ersten Mal gemacht, du gingst mir nur nicht mehr aus dem Kopf und heute Nachmittag war herrlich." „Aber du arbeitest doch als Schaffner? Oder habe ich das auch geträumt?" „Das ist richtig, das mache ich als Aushilfe und es macht mir auch Spaß, denn nur hier den Chef spielen hatte ich noch nicht allzu große Lust, da meine Mama Geschäftsführerin ist und eigentlich alles einigermaßen gut läuft. Als ich es damals von meiner Oma erbte war ich noch nicht volljährig und meine Mamma übernahm alles. Danach arbeitete ich erst als Schaffner und machte zwischendurch die Hotelfachschule. Dies nur zu deiner Information. Ich muss dir aber noch ein Geständnis machen." „Das glaube ich dir auch, habe mich nur über dies alles gewundert. Na, was kommt denn jetzt noch?" „Als ich mit den Fahrgästen der ersten Klasse fertig war, kam ich noch einmal zurück, wollte eigentlich ein paar Worte mit dir wechseln, sah aber, dass du geschlafen hast, deshalb habe ich dich auch ein wenig beobachtet. Schlimm?" „Das gibt es ja wohl nicht, da macht man einmal die Augen zu und schon wird man unter die Lupe genommen," lachte ich.

Wir aßen zu diesem Gespräch und ich hing ein wenig meinen Gedanken nach. Als wir fertig waren mit Essen tauchte plötzlich ein Kellner auf, um die Teller zu räumen. „Und haben sie sich von dem Schock erholt, mein Kollege hat mir gesagt um was es ging." Rechtfertigte er sich. „Ja habe ich, aber ich heiße Martina." „Freut mich Martina, ich bin Roberto."

„Hallo ihr zwei, ich bin auch noch da," meldete sich plötzlich Sascha. Wir lachten. „Ich verziehe mich ja schon," meinte Roberto grinsend. „So endlich sind wir den Störenfried los. Möchtest du noch ein Dessert?" „Aber sicher, dass gehört doch dazu. Ich finde gar nicht, dass er gestört hat, der ist doch nett." Sascha machte nur mmh, mehr sagte er nicht dazu. Wir holten uns ein leckeres Dessert am Buffet und ich merkte das ihn außer manchen Angestellten gar niemand erkannte. Das fand ich gar nicht schlimm. Ich nahm noch schnell meine Tabletten, die ich ja nicht vergessen durfte, da es mir sonst wieder schlechter ging und ein Gang zum Arzt unerlässlich würde. Sascha schaute mir mit gerunzelter Stirn zu, sagte aber nichts. Zu meiner Erklärung sagte ich ihm: „ich war sehr krank, deshalb die Tabletten und die Ferien." Er merkte aber, dass ich darüber noch nicht reden wollte, er nickte nur, fragte aber mich nicht aus. „Wenn du irgendwann bereit bist darüber zu sprechen, bin ich da." „Danke Sascha."

Plötzlich meldete sich mein Handy mit einer sms. Als ich darauf schaute musste ich unweigerlich lächeln. Denn es war Florian Marthaler vom Reisebüro, der mir eine gute Nacht wünschte. Ich schrieb ihm schnell zurück, dabei vergaß ich fast Sascha, der die ganze Zeit nichts sagte. Aber als ich den Kopf hob, sah ich das er wissen wollte wer das war und ob ich gebunden sei. „Sascha mach doch ein anderes Gesicht." „Kann ich nicht, werde langsam eifersüchtig." „Auf wen oder was wirst du eifersüchtig?" „Na hättest du mal dein Gesicht sehen sollen, als du diese Nachricht bekamst und dein lächeln." „Ich bin dir zwar keine Rechenschaft schuldig, aber sage es dir trotzdem. Das war Florian Marthaler von meinem Reisebüro, der hat mir einen schönen Abend gewünscht. Mehr war da nicht und wird wahrscheinlich auch nie sein. Das ist ein sehr guter Freund von mir. Reicht dir das?" „Oh entschuldige, war nicht böse gemeint." „Schon gut." Damit war das für mich erledigt.

Wir verbrachten danach noch einen angenehmen Abend mit anregenden Gesprächen zusammen, denn heute setzten wir uns nur in die Lobby. Als wir unsere Nasen nach draußen streckten schneite es wie wild, deshalb beschlossen wir drinnen zu bleiben. Hier gab es ja auch leckere Drinks. Zu später Stunde verabschiedeten wir uns, ohne eine erneute Verabredung zu treffen.

In dieser Nacht schlief ich eigentlich sehr gut, erwachte aber zwischendurch, da ich tatsächlich von Sascha geträumt hatte, er hatte sich mit Roberto in die Haare gekriegt wegen mir. Ich war Schweiß gebadet hochgeschreckt. Als ich merkte das dies nur ein Traum war legte ich mich zurück in die Kissen, konnte aber erst mal nicht wieder einschlafen. Draußen war es noch dunkel, deshalb schloss ich wieder die Augen und versuchte noch ein wenig zu schlafen, was mir gar nicht gelingen wollte. Ich merkte erst viel später das dieser Traum Wirklichkeit werden sollte.

Als ich so dalag, es war noch ziemlich früh, hatte ich das Bedürfnis mich mit jemandem auszutauschen. Aber konnte ich Florian zu dieser Zeit schon stören. Ich versuche es einfach mal. Nun wählte ich seine Nummer und hörte mit mulmigen Gefühl dem Klingeln zu. Ging aber nicht lange bis er sich meldete. „Marthaler" „Guten Morgen Florian, hier ist Martina, habe ich dich gerade geweckt?" Augenblicklich war er hellwach. „Oh, schön Martina das du dich meldest." „Ich habe dich also doch geweckt, tut mir leid, war nicht meine Absicht." „Kein Problem, das ist schön, dass ich von dir höre. Wie geht es dir?" „Eigentlich sehr gut, die frische Luft tut ihr Übriges dazu. Ich habe nur ein wenig schlecht geschlafen, deshalb wollte ich auch deine Stimme hören." „Das ist aber sehr lieb von dir, nur müsste ich dir da was erzählen." „Na dann schieße mal los." Er druckste herum, deshalb kam ich ihm zuvor. „Florian du bist nicht allein, oder?" „Ja, ich habe da jemanden kennengelernt, möchte aber dich als meine sehr gute Freundin nicht verlieren." „Das wirst du auch nicht, bin schon froh, wenn wir zwischendurch ein wenig quatschen können. Ich habe hier auch jemanden kennengelernt. Ich möchte dich aber irgendwann trotzdem wiedersehen."

„Das wirst du, ich werde dich auch in Söll besuchen, sobald ich mich frei machen kann und zwar werde ich alleine kommen. Hoffe wir können dann ein paar Stunden unter vier Augen zusammen sein." „Oh Florian, da bin ich sofort dabei, ich freue mich schon jetzt darauf." Lachte ich und wurde rot wie ein kleines Mädchen, zum Glück sah er das nicht. Wir verabschiedeten uns und legten auf. So nun wurde es Zeit sich fertig zu machen.

4

Trotzdem beschloss ich nun aufzustehen, ich ging Duschen damit ich wenigstens ein wenig frisch aussah. Das Telefon mit Florian hat richtig gutgetan. Danach zog ich dicke Kleider an, ich wollte heute mal mit dem Lift nach oben und dort ein wenig herumlaufen. Endlich zog ich auch die Vorhänge auf und die Berge strahlten in der aufgehenden Sonne. Na, das wird doch sicher ein herrlicher Tag. Ich ging Frühstücken, war zwar eine von den ersten, aber mir egal, da hatte ich wenigstens meine Ruhe.

Als ich den Speisesaal betrat, kam mir Roberto mit einem Lächeln entgegen. „Guten Morgen Martina, gut geschlafen?" „Guten Morgen Roberto, danke habe sehr gut geschlafen." Von meinem komischen Traum und dem Telefonat werde ich niemandem erzählen. Ich setzte mich an meinen Platz, bestellte mir einen Kaffee und machte das Frühstücksbuffet unsicher. Als ich so dasaß und nach draußen schaute fing es doch tatsächlich an zu schneien, aber die Sonne schien doch auch noch. So ein verrücktes Wetter.

Aber wenn es irgendwie möglich ist gehe ich heute trotzdem auf den Berg. So ein wenig frische Luft kann nicht schaden. Ich war mit Essen schon eine geraume Zeit fertig, da erhob ich mich und verließ den Saal. Ich fuhr mit dem Lift nach oben. Dort angekommen zog ich mir dicke Winterstiefel an und eine flauschige dicke Jacke, den Kopf kriegte eine Mütze, Handschuhe fand ich auch noch. Oh was noch fehlte war ein Schal. So nun konnte es losgehen, aber bevor ich meine Zimmertüre erreichte, klopfte es. Ich rief: „Herein"

Die Türe öffnete sich und Sascha streckte den Kopf herein. „Guten Morgen Martina, da störe ich wohl gerade?" „Nein, nein komm nur herein." „Wie ich sehe wolltest du dich gerade wegschleichen, " lachte Sascha. „Ich wollte eigentlich mit der Gondel auf den Berg fahren. Hier kann ich mich wirklich nicht wegschleichen, hier wird man ja richtig beobachtet." Sagte ich und verdrehte dabei die Augen. Sascha lachte laut auf. „Sascha sage mal, was wolltest du eigentlich von mir?" „Dich fragen ob du Lust hast mit mir die Gegend unsicher zu machen, aber jetzt sehe ich das du schon anderweitig geplant hast." „Komm doch mit auf den Berg und wir machen uns einen gemütlichen Tag, an der Sonne. Hast du den heute frei?" „Gute Idee, wartest du unten auf mich, dann gehe ich mich schnell umziehen? Zug fahren muss ich heute nicht, ansonsten nehme ich mir einfach frei." „Kein Problem habe es ja nicht eilig." So verschwand er wieder und ich machte mich auf den Weg nach unten, setzte mich in der Lobby hin, um dort zu warten.

Es ging nicht lange da tauchte er in voller Montur wieder auf. Ich stand auf und wir gingen nach draußen. Wir bogen Richtung der Gondeln auf. Um diese Zeit war nicht mehr viel los, denn die meisten waren schon oben, um Ski zu fahren. Wir lösten unsere Karten und stellten uns an, um eine Gondel zu erwischen. Da nahm Sascha plötzlich meine Hand und drückte sie ganz fest. Ich schaute nach unten, dann Sascha in die Augen. Mehr brauchte es nicht um zu wissen was in ihm vorging. Meine Hand zog ich nicht zurück. Wir stiegen ein, setzten uns nebeneinander und er legte wie selbstverständlich den Arm um mich und drückte mich fest an sich. Wie er sagen möchte die gehört mir. Uns gegenüber saßen noch andere Fahrgäste. Wir sprachen die Fahrt über auch kein Wort. Ich schaute zum Fenster raus, jetzt sah ich erst recht wie groß Söll eigentlich war.

Oben angekommen, war herrliches Wetter, die Sonne schien recht warm auf uns nieder. Wir liefen ein wenig umher, bis ich ein wenig müde wurde und das straucheln anfing. Sascha nahm mich bei der Hand. „Martina was ist mit dir los?" „Ich bin nur etwas müde, vom Herumlaufen. Könnten wir etwas trinken gehen, dann geht es sofort wieder besser?" „Klar, komm ich stütze dich, dann möchte ich gerne wissen was mit dir los ist." Ich überlegte kurz ob ich ihm alles erzählen konnte und wollte, wir kennen uns ja auch erst kurz.

Wir setzten uns auf die Terrasse des Bergrestaurants, Sascha holte uns etwas zu trinken. Ich trank zwei große Schlucke, danach ging es mir wieder besser. Sascha schaute mir zu bis ich mit trinken fertig war. Sein Blick zeigte aber Besorgnis. „Geht es dir wieder besser?" „Ja Danke." Mehr sagte ich nicht. „Nun möchte ich wissen was mit dir los ist. Ich sehe doch schon lange das es dir nicht so gut geht. Und dann die vielen

Tabletten die du am Abend nimmst." Ich druckste ein wenig herum, bis ich mit der Sprache herausrückte. Er wartete geduldig bis ich antwortete. „Ich hatte ganz eine böse Lungenentzündung und kurze Zeit vorher noch ein Burnout. Mein Mann hat mich aus der Wohnung geworfen, da ich nur noch gearbeitet habe, als er weg war, habe ich noch mehr gearbeitet bis zur totalen Erschöpfung, dann kriegte ich eine Lungenentzündung, die mich Wochenlang ans Bett fesselte. Es ist aber gar nicht sicher, dass nur meine Lunge etwas abbekommen hat. Hier bin ich, um zu Kräften zu kommen und mich zu erholen. Nach diesem Urlaub muss ich mir erst eine kleine Wohnung suchen, zurzeit hatte ich mir nur ein Zimmer gemietet und eine neue Stelle. Da ich so lange krank war, verlor ich auch die Arbeit."

Er hörte mir die ganze Zeit still zu, unterbrach mich nie. Als ich geendet hatte, nahm er meine Hände in seine und gab einen Kuss auf die Hände. „So was habe ich mir schon gedacht," sagte er mir nur. „Weil diese zwei Tage, die du hier bist, siehst du schon viel besser aus, als noch im Zug. Aber nur an eine Lungenentzündung kann ich auch nicht recht glauben." „Du bist aber ein guter Menschenkenner. Ich habe auch ein Restaurant bei uns geleitet und nebenbei habe ich dann noch die Hotelfachschule absolviert mit sehr gutem Abschluss, als ich dann krank wurde, kam mein Mann damit nicht zurecht und hat mich rausgeworfen, trotz Krankheit. Ich bin also noch verheiratet. Denn für die Scheidung hatte ich noch keine Kraft gehabt. Muss dir aber noch etwas Beichten."
„Na was hast du sonst noch auf dem Herzen?" „Habe dir doch von Florian erzählt. Er kommt mich hier mal besuchen, er ist nicht mehr als ein guter Freund. Möchte mich aber unter vier Augen sehen. Er weiß, dass es dich gibt und ich weiß das er auch jemand kennengelernt hat. Nur das es zwischen uns keine Missverständnisse gibt." „Mir nicht so wichtig, dass kommt

alles wieder gut. Keine Panik, du darfst dich treffen mit wem du möchtest. Wenn es wieder geht könnten wir einen Spaziergang durch den Wald bis ins Dorf runter machen. Wir nehmen eine Flasche Wasser mit, dann kannst du zwischendurch was trinken. Einverstanden?" „Gute Idee. Ich danke dir für dein Verständnis." Er holte uns zwei Flaschen Wasser, diese steckte er in seine Jackentasche. Weiter sprachen wir nicht mehr über das Thema.

Danach nahm er mich bei der Hand und wir liefen Richtung Wald, mussten zwar ein wenig aufpassen auf die Skifahrer, weil wir zuerst über die Piste laufen mussten. Als wir im Wald ankamen sah ich einen Fußweg, der gemacht war und man konnte dort wirklich gut laufen. Die Sonne schien durch die Bäume, das gab dem Ganzen ein romantisches Feeling. Wir waren ganz allein unterwegs und liefen am Anfang ganz still nebeneinander her. Es war so schön durch den Wald zu spazieren, die kalte Luft auf der Nasenspitze zu spüren. Plötzlich hielt Sascha inne, ich strauchelte, weil er so abrupt stehen blieb, aber er fing mich gekonnt auf, er schaute mich an und lachte.

„Ist etwas nicht gut?" Fragte ich ihn. „Nein alles in Ordnung, nur wenn ich dich ansehe tut dir die frische Luft richtig gut, du hast von der frischen Luft gerötete Wangen. Was dir sehr gut steht und dich noch attraktiver macht." „Dann solltest du aber nicht so abrupt stehen bleiben, dass ich bald falle. Denn dann sehe ich wahrscheinlich nicht mehr so attraktiv aus." Durch dieses Kompliment wurde ich so richtig verlegen und meine Wangen röteten sich noch mehr. Er gab mir einen Kuss auf die Wange und schmunzelte. „Da gibt es gar nichts zu lachen und höre auf mich zu veräppeln, von wegen attraktiv." meinte ich mit einem Schmollmund. „Hey das habe ich ernst gemeint, du kannst wahrscheinlich nicht gut mit Komplimenten umgehen?"

„Das muss ich erst lernen, lasse mir bitte noch ein wenig Zeit."
„Alle Zeit die du brauchst,"
Er legte einen Arm um meine Schultern und drückte mich ganz fest an sich. Ich fühlte mich so richtig geborgen, wie schon lange nicht mehr. Er nahm mich bei der Hand und wir liefen durch den Wald, still neben einander her. Ich hing meinen Gedanken nach. Ich glaube ich kann Sascha vertrauen, aber ob alles zusammen für eine neue Beziehung reicht, meine letzte war ein Jahr her und die habe ich noch nicht richtig verdaut. Aber sobald die Scheidung durch ist, die nehme ich jetzt auch in angriff, bin ich vielleicht wieder offen für eine neue Beziehung. Zwischen Sascha und mir scheint sich ja was anzubahnen, na so ein Flirt kann ja auch nie schaden und wer weiß was sich daraus entwickelt. Aber Florian ging mir irgendwie auch nicht mehr aus dem sinn.

Als wir schon fast beim Hotel angelangt waren, nahm Sascha wieder das Gespräch auf und riss mich so aus meinen Gedanken. „Martina Morgen bin ich den ganzen Tag geschäftlich unterwegs, würde dich aber sehr gerne danach wiedersehen." „Macht nichts, dann mache ich mir einen ganz gemütlichen Tag und gehe ein wenig schwimmen. Warte mal, hier ist meine Telefonnummer, wenn du mich wirklich sehen möchtest dann kannst du dich ja melden." „Oh super, das werde ich ganz bestimmt machen." Er steckte meine Karte sofort ein. Mal sehen ob er wirklich anruft, dann weiß ich ja ob er es ernst meint.

„Eigentlich möchte ich mich noch gar nicht von dir trennen, du fehlst mir schon jetzt." "Irgendwie du mir auch, mir kam schon lange niemand mehr so nahe, oder den ich so schnell vermissen würde. Aber wenn du möchtest könnten wir auf meinem Zimmer noch etwas trinken, das weitere wird sich dann finden," blinzelte ich. "Oh das machen wir, komm wir gehen über die Feuerleiter, blöde Fragen möchte ich jetzt nicht beantworten." Grinste er.

Wir schlichen über den Flur, bis zu meinem Zimmer, kicherten wie Kinder die was Verbotenes getan hatten. Ich schloss mein Zimmer auf und zog Sascha mit ins Zimmer. Ich hängte noch schnell das Schild, bitte nicht stören an die Türe. Als ich mich umdrehte hatte Sascha schon Jacke und Schuhe ausgezogen. „Na du bist aber flink," lachte ich. Deshalb zog ich Jacke, Mütze und Schuhe auch aus. Als ich fertig war, stand ich ein wenig unschlüssig da. Da nahm mich Sascha in den Arm, Küsste mich, danach schaute er mir tief in die Augen, ich hielt seinem Blick stand. Wir brauchten keine Worte, um uns zu verstehen.

Wir küssten uns immer wieder mit steigender Leidenschaft. Meine Brustwarzen wurden immer wie harter, als er mit den Händen unter meinem Pullover bis nach oben wanderte. Mir wurde ganz anders, als er mir den Pullover über den Kopf streifte. Seinen zog er selbst aus. Ich schmiegte mich an seinen nackten Körper, der sehr gut roch. Wir liebten uns wie wild. Danach lagen wir richtig ausgelaugt, nackt nebeneinander. Sascha drehte sich zu mir um und legte sich auf den Ellbogen, mit der anderen Hand streichelte er mir über den Busen. Er lächelte mir zu und küsste mich.

„Martina bleib bei mir, so was wie mit dir habe ich noch nie erlebt. Mich hat schon beim ersten Anblick von dir der Blitz getroffen." „Ging mir ähnlich mein Schatz." „Oh du schmeichelst mir, ich liebe dich von ganzem Herzen mein Schatz." „Aber was würden deine Eltern zu deiner Wahl sagen?" „Ich glaube nicht viel, die sind da ganz offen, froh das ich jemand gefunden habe der mir gefällt und mir guttut." Blinzelte er mir zu. Das alles ganz anders kam wussten wir beide zu diesem Zeitpunkt noch nicht. „Na ja da bin ich noch gar nicht so überzeugt und ganz gesund bin ich auch noch nicht." „Keine Panik, geht schon alles seinen guten Weg und die Hauptsache ist das wir uns lieben. Ich hoffe auch es kommt nichts mehr dazwischen." „Keine Angst, ich bin nicht so eine." Was aber alles noch auf mich zukam ahnte ich zu diesem Zeitpunkt gar nicht.

Wir küssten uns und kuschelten noch eine Weile miteinander. Plötzlich klingelte sein Handy. „Oh das ist meine Mama." Er nahm ab. „Hallo Mama ist was passiert?" Aus dem Gespräch entnahm ich das er einen Termin vergessen hatte. „Oh entschuldige, aber momentan kann ich nicht kommen, mir ist ein sehr wichtiger Termin dazwischengekommen:" Dabei blinzelte er mir zu. Er beendete das Gespräch. „Schatz hast du etwas vergessen?" „Ach nur so ein blödes Essen mit Freunden meiner Eltern. Die haben auch eine Tochter und meine Eltern versuchen mich immer mit der zu verkuppeln, das heißt eher meine Mutter, mein Vater hält sich diskret zurück, weil ich schon so lange allein bin." Lachte er auf als er meinen Gesichtsausdruck sah.

„Keine Panik, die ist gar nicht mein Typ. Es muss schon jemand sein, bei dem ich sagen kann Wow das ist sie." Er blinzelte mir zu.
Er küsste mich und streichelte mich ja immer noch. Wir waren ja einfach nackt liegen geblieben. Plötzlich fing mein Bauch an zu knurren. „Oh was ist denn das?" „Mein Bauch sagt er habe langsam Hunger, den von Luft und Liebe kann, der auch nicht leben." „Na, dem können wir abhelfen. " „Darf ich schnell bei dir Duschen? Danach ziehen wir uns an und gehen schick Essen. Na, was sagst du dazu?"

„Super Idee, dann komm schnell." Er sprang auf und wir gingen zusammen unter die Dusche. Aber auch dort hatte er nur Blödsinn im Kopf. „Hey so kommen wir nie vorwärts." „Mir egal, denn ich muss es noch ein wenig ausnutzen, dass ich dich ganz für mich allein habe." Ich schlang meine Arme um seinen Hals und küsste ihn mit all meiner Leidenschaft.

Nun machten wir uns aber doch fertig. Bevor wir aber die Türe erreichten, klingelte schon wieder sein Handy. Er verdrehte nur die Augen als er sah wer es war. Ich schaute ihn an, weil er den Anruf wegdrückte. Dies sah er und meinte daraufhin. „Dies war jetzt diese Rita von der ich dir vorhin erzählt habe." Jetzt kam noch eine SMS, er schüttelte nur den Kopf und zeigte sie mir. Jetzt wusste ich auch dass er keine Geheimnisse vor mir haben wollte. Ich schüttelte nur den Kopf als ich es gelesen hatte.

Sascha fing an zurück zu schreiben. „So Schatz ließ das mal, ich glaube das sollte jetzt jeder kapieren und übrigens sieht meine Traumfrau heute super aus." Ich las die SMS, er schrieb, dass er seine Traumfrau längst gefunden hätte und sie sowieso nicht sein Typ war.

Nun machten wir uns wirklich auf den Weg. Wir fuhren mit dem Lift nach unten, schlenderten durch die Lobby zum Ausgang. Ich hatte mich bei Sascha eingehackt, er lächelte mich verliebt an. Die Blicke, die hinter uns herschauten, waren uns so ziemlich egal. Wir gingen in ein Restaurant ganz schick Essen. Ich war richtig glücklich dabei.

Auch als wir das Restaurant zu später Stunde verließen, legte er mir den Arm um die Schultern. So schlenderten wir noch ein wenig durchs Dorf. Es war ein herrlicher Abend, mit dem Mann, den man liebte durch die kalte Nachtluft zu gehen. Vor dem Hotel verabschiedeten wir uns mit einem Kuss und wünschten uns eine gute Nacht und jeder ging in eine andere Richtung.

Ich fuhr mit dem Lift nach oben. Als ich im Zimmer war zog ich mich aus und legte mich direkt ins Bett, das immer noch nach Sascha duftete. Ich streckte meine Nase tief in die Kissen rein. Ich schlief ein und träumte von einem super Mann.

5

Als ich am Morgen erwachte, dachte ich erst über den gestrigen Tag so richtig nach. Ob das alles wirklich passiert sei. Ich hoffe nur das ich endlich ein wenig Glück habe. Ich hatte das Schild bitte nicht stören immer noch an der Türe. Deshalb ging ich ins Badezimmer und ließ mir Wasser in die Wanne laufen. In der Zwischenzeit öffnete ich die Vorhänge, da ich die Sonne rein lassen wollte, aber leider schneite es wie bekloppt, deshalb war ein ausgiebiges Bad genau das richtige.

Ich ging ins Badezimmer zurück und stieg in das herrlich warme duftende Wasser. Oh, war das herrlich und tat richtig gut. Ich schloss ein wenig die Augen und ließ mir alles durch den Kopf gehen. Als ich die Augen öffnete stand Sascha vor mir und lächelte mir zu. Ich erschrak richtig. „Willst du das ich einen Herzinfarkt kriege?" „Um Gottes Willen nein, ich möchte dich noch ein wenig genießen." „Dann erschrecke mich nicht mehr so. Habe gemeint du hast geschäftliche Termine?"

„Ich bin ja gleich weg, wollte dir nur guten Morgen sagen und einen schönen Tag wünschen." „Das ist aber sehr lieb von dir, hätte ich nie erwartet. Guten Morgen mein Schatz, auch dir einen schönen Tag." „Danke mein Herz. Ich melde mich später noch mal." Er gab mir einen Kuss und verschwand so leise wie er gekommen war. Ich schüttelte nur den Kopf und lächelte für mich. So nun wurde es Zeit mich anzuziehen und Frühstücken zu gehen. Bevor ich aber zur Türe rauskam, klopfte es an die Türe. Als ich öffnete fiel ich fast um vor Schreck. Vor mir stand ein lachender Florian. „Guten Morgen Martina, ist die Überraschung gelungen?" Ich sagte kein Wort, zog ihn am Arm einfach in mein Zimmer, schloss die Türe und nahm ihn wortlos in meine Arme. Auch er umarmte mich und gab mir einen Kuss auf die Wange. „Schön dich zu sehen, mit dir hätte ich ja nie gerechnet."

„Ich wollte dich ja Überraschen und dies scheint mir gelungen zu sein." „Und wie dir das gelungen ist, hast du hier ein Zimmer?" „Ja, kann aber leider nur bis morgen bleiben, habe im Ort geschäftlich zu tun." „Ach schade, aber dann genießen wir den Tag, oder hast du keine Zeit?" „Oh doch, für dich habe ich immer Zeit." „Komm dann gehen wir zusammen Frühstücken." Als wir den Flur zum Lift schlenderten, hackte ich mich bei Florian ein. Lächelte ihn an.

Als wir endlich unten waren, setzten wir uns an meinen Tisch, hatte heute gar nicht so großen Appetit. Roberto sah uns kommen und steuerte mit einem Kaffee auf meinen Tisch zu. „Guten Morgen Martina, gut geschlafen?" „Guten Morgen Roberto, ja eigentlich sehr gut, Danke." „Ich hätte dir hier schon mal einen Kaffee, wenn du magst?" „Ja gerne. Bringst du bitte Herrn Marthaler auch einen?" Er murrte ein wenig, tat aber wie ihm geheißen.

Als er mit dem Kaffee für Florian wieder an unseren Tisch trat, fragte er: „Ich wollte dich fragen ob du heute Abend mal Lust hättest mit mir was trinken zu gehen. Ich hätte frei." „Geht leider nicht habe heute schon etwas vor. Vielleicht ein andermal." Ich schaute lächelnd zu Florian, denn dieser Tag gehörte nur uns. Er schmollte, das sah man ihm auch an, das war mir aber so ziemlich egal. Wir holten uns trotzdem was zu essen, als wir uns wieder setzten sah ich aus den Augenwinkeln das ich beobachtet wurde, dachte mir aber noch nichts dabei.

„Martina, darf ich dich fragen was das eben war?" „Der heutige Tag gehört nur uns, den möchte ich mit dir verbringen, Sascha von dem ich dir schon erzählt habe, hat heute den ganzen Tag geschäftliche Termine. Auch weiß ich ja nicht wann wir uns das nächste Mal wiedersehen." „Ich möchte aber nicht zwischen euch stehen." „Tust du bestimmt nicht, hier entscheide noch immer ich mit wem ich den Tag verbringe und das ist heute mit dir." „Verstanden Chef," lachte Florian.

Als wir fertig gegessen hatten, musste ich noch einmal nach oben, um meine Jacke zu holen. Danach ging es nach draußen. „So mein Herr was möchten sie unternehmen?" Ich schaute ihn von unten nach oben an. Er lachte. „Na meine Dame, ich würde sehr gerne mit ihnen auf den Berg gehen." „Gut dann mal los." Er legte den Arm um mich, lachte. In diesem Moment sah er aus wie ein kleiner Schuljunge. Wir fuhren gemütlich mit der Gondel nach oben, hatte heute auch mein Handy mitgenommen. Oben war herrliches Wetter, es hatte aufgehört zu schneien, die Sonne schaute auch hervor.

Wir alberten ein wenig herum und lachten viel. Machten super Fotos. Doch in diese Fröhlichkeit klingelte mein Handy, ich nahm ab, es war Sascha, den hatte ich ja komplett vergessen. „Hallo mein lieber, dich hätte ich ja beinahe vergessen." Lachte ich. „Das ist aber eine Begrüßung, wo treibst du dich den rum?" „Das erkläre ich dir, wenn wir uns sehen." „Ja deswegen rufe ich dich an. Also leider sehen wir uns erst morgen Nachmittag wieder, habe noch ein paar Termine reinbekommen." „Das ist aber schade, dann freue ich mich auf Morgen." Wir beendeten das Gespräch.

Florian schaute mich ein bisschen skeptisch an. „Zur Erklärung, Sascha ist der Junior Chef des Hotels und er hat noch ein paar Termine reinbekommen." „Du musst mir nichts Erklären, wir genießen den Tag heute einfach, was meinst du dazu?" „Super, so machen wir es, komm wir gehen ins Bergrestaurant was Essen." Er nahm mich in die Arme, drückte mich fest an sich und flüsterte mir ins Ohr: „Martina ich mag dich sehr, hoffe wir bleiben immer gute Freunde, egal was auch kommen mag." „Das bleiben wir ganz sicher."

Wir verbrachten einen wundervollen Tag und Abend zusammen, gingen in ein Restaurant Essen, hatten auch sehr viel Spaß zusammen und lachten sehr viel. Also Florian könnte dem Sascha noch gefährlich werden. Aber Florian versuchte gar nicht mehr von mir zu verlangen, das fand ich super. Zu später Stunde verabschiedeten wir uns, ich gab ihm dieses Mal, wahrscheinlich aus der Situation heraus einen Kuss, er erwiderte ihn auch noch. Am liebsten hätte ich heute Abend mehr von ihm gewollt, aber da kam mir Sascha in den Sinn, nein ich wollte ihn nicht hintergehen. Deshalb ging jedes in sein eigenes Zimmer, obwohl ich die Sehnsucht in Florians Augen sah.

Am nächsten Morgen als ich zum Frühstück runterkam, ich setzte mich an meinen Tisch, weil ich keinen rechten Appetit hatte. Die Empfangsdame brachte mir eine Nachricht. Ich öffnete den Brief. Da stand: Liebe Martina, ich bin heute schon sehr früh abgereist, ich konnte dich nicht noch einmal sehen, denn ich habe mich in dich verliebt und weiß das diese Liebe unerfüllt bleibt. Deshalb will ich meine Gedanken zuerst Ordnen. Wir haben einen herrlichen Tag und Abend zusammen verlebt. Ich werde mich zu gegebener Zeit wieder bei dir melden. Vergiss mich nicht. Dein Florian

Sowas habe ich mir schon gedacht und daran bin ich auch noch schuld. Ich habe ihm ja schon zu Hause Hoffnungen gemacht und ich mag ihn doch auch sehr.

Als ich gegessen hatte wollte ich eigentlich noch einmal schnell nach oben, als ich an der Rezeption vorbei kam wurde ich von der Wirtin aufgehalten. „Könnte ich sie schnell in meinem Büro
sprechen?" Ich nickte nur und folgte ihr. Als wir im Büro waren setzte sie sich hinter den Schreibtisch und sagte ich solle mich auch setzten, danach fing sie an zu sprechen. „Sie sind doch Frau Betz von Zimmer 21?" „Ja die bin ich, was gibt es für ein Problem?" „Mir ist zu Ohren gekommen, dass sie jede Nacht jemand anderes mit aufs Zimmer nehmen. Wir sind hier ein Anständiges Haus." Ich fiel fast vom Glauben ab. „Das stimmt gar nicht." Ich wollte ihr nicht sagen wer es war. „Ach hören sie auf, dies habe ich aus sicherer Quelle erfahren. Ich gebe ihnen jetzt die Möglichkeit bis am Mittag ihr Zimmer geräumt zu haben, danach kriegen sie hier Hausverbot. Denn so was dulden wir hier nicht." Ich wollte noch etwas sagen, mir blieben aber die Worte im Hals stecken.

Ich sagte kein Wort mehr verließ erhobenen Hauptes das Büro und lief auf mein Zimmer, im ersten Moment wusste ich gar nicht was hier passiert war. Ich packte unter Tränen meine sieben Sachen, danach setzte ich mich aufs Bett und ließ den Tränen freien Lauf. Was sollte ich jetzt machen. In all meine Gedanken klingelte mein Handy, eine Nummer, die ich nicht kannte. Hatte ja gestern vergessen dem Sascha seine zu speichern. Ich nahm trotzdem ab. Am anderen Ende war die fröhliche Stimme von Sascha, das gab mir den Rest. Ich legte einfach auf.

Ich zog die Jacke an, schaute mich noch einmal um ob ich wirklich alles habe, ich wollte gerade die Klinke runter drücken als es klopfte. Ich riss die Türe mit einem Ruck auf, dass sie nach hinten an die Wand knallte. Mir gegenüber stand Sascha, als er mein verheultes Gesicht sah, drückte er mich wortlos zurück ins Zimmer und schloss die Türe. Ich entzog mich seinem Griff und sagte nur: „Lass mich, ich muss gehen, habe hier ab Mittag Hausverbot." „Was hast du?" fragte er mit großen Augen. „Hausverbot, frag doch deine Mutter." „Das mache ich jetzt und du kommst mit." „Nein ich will nicht." „Oh doch du willst." „Zuerst müsste ich dir noch etwas Erklären." „Dann sag in ein paar Worten was passiert ist." Ich sagte ihm alles mit Florian, darauf sagte er nichts. Er zog mich einfach mit sich, ich versuchte mich seinem Griff zu entziehen, aber das war zwecklos. Er war richtig wütend.

Als wir unten das Büro betraten, er klopfte nicht mal an, so wütend war er. Seine Mutter sprang vom Stuhl hoch. „Was wollen sie noch hier? Ich habe ihnen doch klar gesagt was ich von ihnen halte." Ich wich einen Schritt zurück. Sascha nahm mich an der Hand und so kriegte ich wieder ein wenig Sicherheit. Ich schaute Sascha nur verzweifelt an. Er lächelte mir aufmunternd zu. „Mama was soll das, wir behandeln alle

Gäste zuvorkommend." „Ja aber nicht, wenn sie jeden Abend andere Männer mit aufs Zimmer nehmen. Dies dulden wir hier auf keinen Fall." „Martina hat dir doch gesagt, dass es nicht stimme, oder? Wer hat dir so was erzählt?" Sie druckste nur herum, da kam mir ein Gedanke. „Sascha gestern Morgen beim Frühstücken hat mich Roberto gefragt, ob ich gestern Abend etwas mit ihm trinken ginge und ich verneinte, da ja Florian mich besuchte." Seine Mutter sank auf den Stuhl zurück, sagte kein Wort mehr. Sascha nahm den Hörer und ließ Roberto kommen.

„So Mama vorher habe ich dir noch etwas zu sagen, es war ein fremder Mann auf Martinas Zimmer und genau der war ich und kein anderer." „Was du?" „Ja ich, das ist nämlich die Frau die ich über
alles Liebe und Heiraten möchte. Sie kam hierher, um sich nach langer Krankheit zu erholen und so macht ihr alle ihre Genesung kaputt. Das lasse ich nicht zu." Ich sagte kein Wort, mir war richtig übel, ich hielt mich nur an Sascha fest. Seiner Mutter blieb der Mund offenstehen. „Aber da war doch noch ein anderer." „Der war aber nicht auf ihrem Zimmer." In diesem Moment klopfte es.

Sascha rief: „Herein." Da betrat Roberto das Büro. Man sah ihm an das es ihm nicht behagte, erst recht nicht als er mich sah. „So Roberto jetzt sag endlich was sich gestern Morgen abgespielt hat." Sascha war richtig wütend das sah man ihm an. „Ich habe nur die Wahrheit gesagt." „Hast du nicht, du warst nur sauer, dass sie gestern Abend nicht mit dir wegwollte, sondern mit Florian etwas unternahm." Da wurde Roberto ganz kleinlaut, senkte den Kopf und sagte nichts mehr. „Ich gebe dir hiermit eine Abmahnung, sollte sowas noch mal vorkommen, wirst du entlassen." Er bückte sich und ging ganz leise durch die Türe. Bevor er aber zur Türe hinaus ging, sagte er noch ganz leise: „du kannst mich gar nicht entlassen." „Halt, was soll das heißen?" Aber Roberto verschwand einfach ohne noch ein Wort zu sagen.

„Aber wir hatten doch recht das ein fremder Mann bei ihr war und auch Besucher dulden wir nicht auf den Zimmern und wie viele verschiedene Männer sonst noch auf ihrem Zimmer waren, kann sie dir besser selbst beantworten." „Dieser Florian war übrigens nicht auf ihrem Zimmer, nur zu deiner Information."
„So Martina jetzt sollte sich noch meine Mama bei dir entschuldigen und du darfst natürlich hierbleiben."

Ich war die ganze Zeit still gewesen, jetzt hob ich schüttelnd den Kopf. „Sascha, ich will keine Entschuldigung, dort durch kann ich auch stur sein und hier bleibe ich keine Sekunde. Denn ich bin mir absolut keiner Schuld bewusst, aber so behandelt man nirgends Gäste. Das wäre bei mir nie passiert. Tut mir leid." Ich drehte mich um und verließ wortlos das Büro. Was sie noch sprachen verstand ich nicht mehr, nur das Sascha sehr wütend war. Als ich mit Sack und Pack draußen stand und noch nicht recht wusste wohin, stand Sascha plötzlich hinter mir. Überlegte mir wirklich ob ich nicht besser abreisen sollte.

„Schatz nicht weglaufen, ich habe doch eine Überraschung für dich." „Ich gehe aber nicht mehr ins Hotel zurück. Und Überraschungen hatte ich für Heute genug. " „Musst du auch gar nicht. Komm mein Auto parkt hinten. Aber zuerst kriege ich jetzt endlich einen Kuss? Darauf warte ich schon die ganze Zeit." Ich stellte meinen Koffer ab, drehte mich um, legte meine Arme um seinen Hals und küsste ihn ganz fest. „Etwa so? Wir werden beobachtet." „Ist mir doch egal, ich will noch mehr. So gefällst du mir schon wieder besser." Wir küssten uns und vergaßen die ganze Welt um uns herum. „So Schatz komm, du kannst ja nicht auf der Straße schlafen sonst wirst du ja zum Eiszapfen." „Oh dann hättest du was zum Lutschen." Lachte ich. „Zum Glück hast du deinen Humor nicht verloren und vielleicht kannst du meiner Mutter irgendwann verzeihen." „Mal sehen, aber lass mir damit einfach Zeit." „Alle Zeit die du brauchst, denn sie sollte auf dich zukommen, sowas ist hier noch nie passiert." „Ich glaube das hat damit zu tun das du mit mir zusammengekommen bist." „Ist trotzdem kein Grund, aber jetzt solltest du mir noch erzählen was genau es mit diesem Florian auf sich hatte, da blicke ich noch nicht ganz durch."

Er legte meinen Koffer in den Kofferraum, ich nahm auf dem Beifahrersitz Platz. Bevor er das Auto startete erklärte ich ihm alles und zeigte ihm den Brief, den ich heute Morgen gekriegt hatte. „Lese das bitte erst durch, vielleicht willst du nachher nicht mehr mit mir zusammen sein, dann hätte ich nur gerne, wenn du mich zum Bahnhof bringen würdest." Bevor er den Brief las, schaute er mich an und schüttelte den Kopf. „Rede doch nicht solchen Blödsinn, soviel ich mitgekriegt habe hast du mich ja nicht betrogen?" „Nein habe ich nicht, das kannst du mir ruhig glauben." „Na also, dann lass mich diese Zeilen mal unter die Lupen nehmen." Ich sagte nichts mehr, sondern beobachtete ihn aus den Augenwinkeln. Als er fertig war, war er einen Moment ganz still. „Schatz ich weiß auch nicht was ich dazu sagen soll, nur so viel, dieser Florian hat sich in dich verliebt, die Entscheidung liegt jetzt einzig bei dir für wen du dich Entscheidest." „Ich habe mich längstens entschieden, und zwar für dich, sonst hätte mir der Rauswurf deiner Mutter auch nicht so viel ausgemacht." Er sagte nichts mehr, gab mir nur noch einen Kuss, startete das Auto und fuhr langsam an. Er hatte ein leichtes lächeln auf den Lippen.

Er fuhr durchs ganz Dorf, bis auf der anderen Seite ein Viertel mit Reiheneinfamilienhäuser auftauchte. Er fuhr die Straße entlang bis ganz nach hinten, da war der Wald gar nicht mehr weit. Beim letzten Haus steuerte er auf den Parkplatz und hielt an. Er schaute mich an und blinzelte nur. Ich stieg aus und schaute mich um. Was ich sah gefiel mir sehr gut. Er kam ums Auto herum, nahm meinen Koffer aus dem Kofferraum, legte den Arm um mich. „Na was sagst du dazu? Magst du dich noch erinnern das ich dir gesagt habe das ich dir eines Tages die neue Siedlung zeigen werde?" „Ja daran erinnere ich mich. Ist sehr schön hier, aber verrate mir was wir hier machen?"

„Das werde ich dir gleich zeigen, komm mit." Er zog mich mit sich Richtung Haustüre, dort schloss er auf und wir standen in einer kleinen Diele. Ich zog automatisch die Schuhe und Jacke aus. Danach inspizierte ich ohne ein Wort das ganze Haus, das zwei Etagen hatte. Unten war Wohnzimmer, Küche, Gäste WC, im ersten Stock waren zwei Schlafzimmer und ein super Badezimmer. Als ich wieder nach unten kam, hatte Sascha den Kamin im Wohnzimmer angemacht und zwei Gläser Sekt in der Hand. Er lächelte.

„Wie gefällt dir unsere bescheidene Bleibe, ist gestern erst fertig geworden, dies wird unser beiden Liebesnest." „Sehr schön, aber das kann ich doch nicht annehmen. Wir kennen uns doch auch erst kurz und wenn es mit uns nicht funktioniert?" „Doch das kannst du, fühle dich hier wohl und erhole dich richtig. Denn von diesem Haus weiß kein Mensch, dies habe ich heimlich für mich gemacht und jetzt ist es für uns, ich möchte gar nichts hören. Trinke einen Schluck." Ich wollte etwas erwidern, schloss aber den Mund wieder.

Wir prosteten einander zu und gaben uns einen Kuss. „Super da kann ich mich ja immer auf den Abend freuen, wenn mein Mann nach Hause kommt." Lachte ich. „Genau und du stehst nackt in der Küche und kochst was leckeres." Lachte er. „Hast du komische Gedanken." „Aber wie soll es weiter gehen, denn am Samstag in einer Woche sind meine Ferien zu Ende und ich sollte wieder zurück und mir endlich wieder eine Arbeit suchen." „Na das ist ganz einfach, da du ja keinen Job mehr hast, kannst du doch hier so lange bleiben wie du willst."

„Willst du mich wirklich ganz hier haben, hast du nicht Angst es könnte noch einmal so was wie heute Morgen passieren? Wir kennen uns doch erst ein paar Tage." „So was passiert nie mehr und ich stehe voll hinter dir. Das war Liebe auf den ersten Blick und die hält, das garantiere ich dir." „Na dann komm machen wir es uns vor dem Kamin gemütlich." Wir setzten uns vor dem Kamin auf den Boden, ich setzte mich vor ihn und er legte die Arme um mich und gab mir einen Kuss auf den Kopf. Er sagte ganz leise in mein Ohr: „Schatz ich liebe dich." Ich drehte meinen Kopf ein wenig, damit ich seinem ganz nahekam, gab ihm einen Kuss. „Ich liebe dich auch sehr und würde gerne bei dir bleiben." „Super, das wird ein Spaß mit uns zwei." Er stand auf und tanzte herum.

Ich lachte und stand auch auf. Er nahm mich in die Arme und schwang mich herum. Wir stiegen die Treppe hoch und verzogen uns ins Schlafzimmer. Dort verbrachten wir die schönste Nacht unseres Lebens, so was hatte ich noch nie erlebt, aber eigentlich auch sehr vermisst.

6

Am nächsten Morgen als ich die Augen aufschlug, war ich allein im Bett, hörte aber von der Küche her Geschirr klappern. Ich kuschelte mich aber doch noch ein wenig in die Kissen, den aufstehen mochte ich noch gar nicht, in diesem Moment öffnete sich die Türe und Sascha kam mit einem Tablett voller duftender Sachen herein. „Guten Morgen mein Schatz gut geschlafen?" „Guten Morgen, ja Danke habe sehr gut geschlafen und du?" „Ich auch, bin zwar schon eine Weile wach, deshalb dachte ich, mache mal Frühstück." „Das war eine sehr gute Idee, habe nämlich Hunger, kannst du jeden Morgen machen." Lachte ich. „Sehen wir dann noch, ob du dich auch benimmst und lieb bist," grinste er frech zurück. „Na hör mal, ein bisschen netter, wenn ich bitten darf." Lachte ich. Wir ließen es uns richtig schmecken und nahmen uns dazu auch sehr viel Zeit.

„Sascha was machen wir heute für verrücktes?" „Heute ist noch einmal das Hotel angesagt und da müsstest du nochmal mit." Ich verzog das Gesicht zu einer Grimasse. Sascha lachte nur. „Schatz du solltest mit und über deinen Schatten springen, denn es ist sehr wichtig für unsere Zukunft." „Von mir aus, wenn es unbedingt sein muss." „Schatz sei lieb und mach ein anderes Gesicht, denn es wird auch für dich wichtig sein. Sage mir aber erst einmal was du gelernt hast oder welchen Beruf du ausgeübt hast, dies weiß ich noch gar nicht."

„Da sieht man wieder einmal wie du mir zuhörst. Das kann ich dir schnell Zeigen, da wirst du aber gehörig staunen, aber eigentlich weißt du es schon, habe es dir ganz am Anfang gesagt." „Dann habe ich wahrscheinlich nicht richtig hingehört, vor lauter Liebe." Grinste er. Ich verdrehte die Augen, stand auf und suchte in meinem Koffer nach Dokumenten, die ich auch schnell zur Hand hatte. Ich übergab eine Mappe an Sascha und meinte: „hier mein lieber, lies dies alles mal durch." Er setzte sich aufrecht ins Bett und öffnete erst mal die Hülle, ich beobachtete ihn ganz genau. Ich bemerkte das seine Augen immer größer wurden. Ich ließ ihn aber erst zu Ende lesen, denn auch Arztberichte und meine Arbeitszeugnisse, wie auch Lehrabschlüsse waren dort drinnen.

„Martina das ist ja perfekt, darf ich diese Mappe heute verwenden?" „Ja von mir aus schon, aber was hast du genau vor?" „Das wirst du noch früh genug sehen. Jetzt aber schnell anziehen und los geht es." Er tat richtig geheimnisvoll, aber ich stand doch auf und ging erst Duschen, dann zog ich mich sehr gut an, wie eine Geschäftsfrau, so kannte mich Sascha noch gar nicht. In der Zwischenzeit war er auch unter der Dusche verschwunden. Als er aus dem Badezimmer kam, fielen ihm fast die Augen aus dem Kopf und er wackelte.

„Mann oh Mann das ist ja perfekt für heute, so kenne ich dich ja noch gar nicht." „Ja in den Ferien sind auch legere Kleider angesagt." Er zog sich auch perfekt an, und zwar mit Anzug und Krawatte. Ich lachte: „so jetzt geben wir das perfekte Geschäftspaar ab." Wir zogen noch eine Jacke an und passende Schuhe dazu, danach ging es los. Ich war zwar ziemlich nervös. „Schatz zapple nicht so herum, dir reißt ganz bestimmt niemand den Kopf ab." „Aber ich werde bald einem den Kopf abreißen, wenn ich nicht bald weiß was los ist." „Na das siehst du ja gleich." Lachte er.

Wir parkten wieder hinter dem Hotel und benutzten auch den Hintereingang. Als wir an der Rezeption vorbeikamen wollte die Empfangsdame schon den Mund wegen mir öffnen, als sie aber Saschas Gesicht sah, schloss sie ihn wieder. Er sah richtig entschlossen aus. Ich glaube da sollte ihm sich niemand in den Weg stellen. Wir betraten das Büro, ohne anzuklopfen. Hinter dem Schreibtisch sprang seine Mutter auf. „Wie wäre es mit Anklopfen Sascha?" „Wem gehört das Büro?" Jetzt sah sie mich erst. „Ich habe doch Frau Betz Hausverbot erteilt, was macht sie nun hier?" „Das wirst du gleich erfahren. Martina dies ist mein Papa Werner, Papa das ist Martina." Er stand auf und streckte mir die Hand entgegen, die ich auch ergriff. „Guten Tag Werner, das freut mich sehr." „Mich auch Martina. Sascha da hast du ja ein fesches Mädel ausgesucht," blinzelte er Sascha und mir zu.

Sascha legte den Arm um mich und lachte seinem Vater zu. Jetzt meldete sich seine Mutter wieder zu Wort. „Was soll dieses Theater?" „Das ist nur Höflichkeit, die du in letzter Zeit nicht so an den Tag legst. Aber jetzt zu dir," sagte Sascha, „was sollte das der Martina gegenüber, irgendwas war doch der Auslöser?" „Ich weiß nicht was du meinst?" Jetzt war Sascha vor Zorn fast rot im Gesicht.
„Hör auf mir weiß zu machen, du wissest nicht wovon ich rede. Roberto und du habt hier ein Geheimnis und jetzt will ich wissen was los ist. Martina habe ich aus ganz einfachem Grunde mitgenommen, da sie jetzt dazugehört kann sie alles mit anhören. Hier bin immer noch ich der Chef, du warst nur die Geschäftsführerin, vergiss das nie." Seine Mutter sank, ohne ein Wort zu sagen auf den Stuhl zurück. Mir blieb auch alles im Halse stecken.

Da nahm Sascha auch noch meine Mappe hervor, aber zuerst Griff er zum Hörer und ließ Roberto kommen. In der Zwischenzeit fand auch seine Mutter die Sprache wieder. „Sascha was hast du vor?" Sein Vater sagte die ganze Zeit nichts schaute nur neugierig von einem zum anderen. Nun klopfte es, als Sascha hereinrief und Roberto das Büro betreten hatte, wollte er wissen was hier eigentlich los sei.

„Langsam habe ich das Gefühl ihr habt was zusammen, denn Roberto durfte alles und andere nicht, auch was ihr mit Martina abgezogen habt will mir nicht in den Kopf, sie war doch nur ein Gast und bei uns ist der Gast König." Seine Mutter druckste richtig herum. „Das mit Martina tut uns ja auch leid, aber Roberto und ich haben gedacht es sei das Beste, wenn sie wieder aus deinem Leben verschwindet und du wieder als Schaffner arbeitest." Sascha lief rot an, ich hielt schnell seine Hand, er schaute mich nur an, dann explodierte er doch, auch Werner war plötzlich an unserer Seite.

„Was soll das, Roberto mach endlich den Mund auf, oder du kannst auf der Stelle gehen, wirst aber dann nie mehr in dem Dorf einen Job finden." Seine Mutter nahm jetzt das Gespräch wieder auf. „Roberto bleibt, er gehört genauso zur Familie wie du." Werner wackelte, ich hielt ihn noch gerade fest und setzte ihn auf den erst besten Stuhl. „Werner geht es wieder?" „Ja Danke Martina."

Sascha schaute von einem zum anderen und sagte dann nur. „Papa sieh mal die Ähnlichkeit zwischen den Zweien, dies ist mir vorher gar nicht aufgefallen." „Sascha du hast recht. Silvia wann hattest du eine Affäre? Ich war wohl richtig blind, dass ich nichts gemerkt habe. Roberto ist doch jünger als Sascha, so etwa zwei Jahre? Und wo ist Roberto aufgewachsen?" Jetzt nahm doch Roberto an dem Gespräch teil. „Ich bin bei meinem

Vater in Italien aufgewachsen, als er gestorben war, forschte ich nach meiner Mutter und fand sie hier."

„Mama ich möchte das du den Posten als Geschäftsführerin räumst, du bist hier nicht mehr tragbar, ich habe die Geschäfte zu lange schleifen lassen, denn ab heute wird ihn Martina übernehmen. Roberto du kannst vorläufig bleiben, aber sollte mir irgendetwas zu Ohren kommen kannst du gehen und glaube nicht, dass du ab jetzt zu meiner Familie gehörst."
„Aber Sascha sie hat das doch nicht gelernt, dann geht dein Hotel vor die Hunde." Sagte sie mit einem abschätzigen Blick auf mich. Jetzt reichte es mir, bis jetzt hatte ich geschwiegen.
„Mir reichts, erstens heiße ich Martina Betz und dies habe ich absolut gelernt, Sascha gib deiner Mama die Unterlagen, Roberto trommle das ganze Personal zusammen, in einer Stunde im Saal, und zwar alle." Roberto warf einen Blick auf Sascha. „Du musst nicht mich ansehen, du hast gehört was Martina gesagt hat und ab heute gilt was sie sagt."

Ich sah besorgt nach Werner. „Geht es dir ein wenig besser? Sollte etwas sein, kannst du immer mit einem Problem zu mir kommen." „Danke Martina, das werde ich bestimmt annehmen, aber jetzt muss ich das erst mit Silvia klären. Ihr entschuldigt uns." „Aber sicher, rege dich nicht zu fest auf Papa." „Danke mein Sohn."

Als wir das Büro verlassen hatten zitterten mir richtig die Knie. „Martina ich liebe dich, wenn du nicht da gewesen wärst hätte ich glatt durchgedreht." „Das habe ich gemerkt, komm wir verziehen uns für ein paar Minuten." „Was hast du vor?" „Das siehst du gleich. Und noch was, sei nicht zu hart zu Roberto, ich glaube es tut ihm wirklich leid." „Mal sehen wie sich alles entwickelt."

Ich nahm ihn bei der Hand und zog ihn zur Hinter Türe raus. Draußen unter der Feuertreppe war es dunkel und ideal für zwei verliebte. Ich legte die Arme um seinen Hals, zog ihn näher zu mir und küsste ihn, er erwiderte den Kuss. Er öffnete mir die Bluse und steckte seinen Kopf ganz tief in die Bluse, er küsste meinen Busen. Bei mir wurde alles hart und ich spürte das ich unten feucht wurde. Zum Glück hatte ich nur einen Rock an und keine Hosen. Ich öffnete seine Hosen und nahm sein Glied heraus, hob ein bisschen mein Bein und führte es ein. Wir kamen beide gleichzeitig. Danach zogen wir uns wieder an. „Schatz jetzt siehst du wieder besser aus," lachte ich ihn an. „Es geht mir auch super dank dir, dann ab in den Kampf." grinste auch er.

Uns sah man zwar unsere Liebe regelrecht an, aber ist nicht schlimm, dies darf jeder wissen. Bin mal gespannt ob Roberto etwas zu den anderen gesagt hatte. Als wir den Saal betraten war es auf der Stelle ganz still. Alle warteten das Sascha das Reden anfing, aber mit mir hat niemand gerechnet. Sascha gab mir einen kleinen Schups und lächelte mir aufmunternd zu.

„Hallo zusammen, ich möchte mich erst mal vorstellen. Mein Name ist Martina Betz, viele kennen mich ja schon da ich hier Urlaub gemacht habe. Nun musste ich hier wegen Gründen, die ich nicht näher erläutern möchte, ausziehen, habe aber auch hier mein Glück gefunden. Ich werde ganz neu ab sofort die Geschäftsleitung übernehmen. Nun hoffe ich das ihr auch mir helft am Anfang alles korrekt zu machen und ihr mit allen Problemen zu mir kommt, denn es gibt immer wieder eine Lösung. Das wars von meiner Seite, wenn es jetzt schon Gesprächsstoff gibt, könnt ihr es auch direkt hier sagen. Roberto wird jetzt für alle Getränke Servieren. Also auf gute Zusammenarbeit."

Es klatschten alle und sogar Roberto, der nun Getränke verteilte. „Schatz das hast du gut gemacht." Er gab mir einen Kuss auf die Wange, da trat Roberto zu uns. „Entschuldigt die Störung, Martina kann ich dich kurz sprechen?" „Na klar, was hast du denn auf dem Herzen?" Ich wusste genau was er wollte, denn er druckste ein wenig herum bis er mit der Sprache rausrückte. „Martina ich möchte mich bei dir nochmals Entschuldigen, das war alles nicht richtig, habe mich von Silvia einspannen lassen, hoffe du kannst mir eines Tages verzeihen?" Ich schaute erst Sascha an, der mir zu nickte dann Roberto. „Wir vergessen einfach diese Sache und hoffen es passiert nie mehr so was und fangen nochmal von ganz vorne an." „Vielen Dank, nein wird es garantiert nie mehr."

Wir quatschten noch mit dem einen oder anderen, aber leider rief die Arbeit wieder und jeder ging zurück dorthin. Heute wollte ich nicht mehr das Büro aufsuchen, morgen war früh genug. Auch Werner und Silvia hatten in der zwischen Zeit das Hotel ganz heimlich verlassen. Ich trat ganz allein nach draußen, den Sascha kriegte ein geschäftlicher Anruf, da wollte ich nicht stören. Ich versuchte in der Zeit mal Florian zu erreichen, aber anscheinend hatte er sein Handy ausgeschaltet, deshalb schrieb ich ihm eine kurze Nachricht.

Die frische Luft tat nach all der Aufregung richtig gut, ich wollte gerade ein paar Schritte gehen, als Sascha hinter mich trat. „Na meine kleine Geschäftsfrau, alles klar bei dir? Du siehst ein bisschen bedrückt aus?" „Ja mein Schatz, wollte nur ein wenig frische Luft schnappen. Ich habe versucht Florian anzurufen, aber sein Handy ist aus." „Mach dir nicht zu viele Gedanken, der kriegt sich schon wieder ein. Martina, ich würde für heute gerne nach Hause fahren und den Rest des Tages mit dir Genießen." „Oh ja da bin ich sofort dabei, dann komm schnell nach Hause." Wir stiegen ins Auto ein und fuhren zu unserem Liebesnest.

Als wir zu Hause ankamen wollten wir uns eigentlich bequeme Kleider anziehen, mir kam aber schon wieder ein anderer Gedanke. Sascha wühlte im Wohnzimmer herum und machte das Feuer an. „Sascha ich nehme mir erst ein schönes Bad, danach komme ich runter." „Ja mach das."
Ich ließ mir Wasser in die Wanne, als ich in die Wanne gestiegen war, die herrlich warm war und nach Jasmin duftete, fand ich es richtig wohltuend. Komischerweise tauchte Sascha heute gar nicht auf. Ich genoss dieses Bad in vollen Zügen. Als ich genug hatte und aus der Wanne gestiegen war rubbelte ich mich nur grob ab, zog den Bademantel darüber und schaute was mit meinem Mann los war.

Als ich barfuß die Treppe runter stieg, so dass er mich nicht hörte, loderte das Feuer vor sich hin und Sascha lag auf dem Sofa und war eingeschlafen, ohne sich bequeme Kleider anzuziehen. Ich lächelte vor mich hin. Trat zu ihm und zog ihm ganz sanft die Schuhe aus. Ich bemerkte gar nicht, dass er die Augen ein klein wenig öffnete. Mein Bademantel war bei der Bewegung auch ein wenig verrutscht, war aber egal da er ja sowieso schlief.

Seine Hände waren plötzlich hinten an meinem Bademantel und zogen ihn nach unten. Ich drehte mich um und wollte schon meckern, da ich ja vollkommen nackt vor ihm stand. Er fing ab meinem Gesichtsausdruck an zu lachen. „Lach nicht das hier ist todernst, du kannst doch nicht einfach unbekannte weibliche Wesen ausziehen." Jetzt lachte er erst recht. „Mein Herr stehen sie bitte mal auf?" Er tat wie ihm geheißen. Ich öffnete die Knöpfe seines Hemdes und zog es an ihm runter, dann kamen Hosen und alles weiter daran, was er noch so anhatte.

„So mein Herr, wie ist es jetzt so nackt vor einer fremden Person zu stehen?" „Och ganz angenehm, da die Dame ja auch nackt ist." Wir prusteten beide los und fielen zusammen auf das Sofa zurück. „Martina ich glaube du solltest mal zum Psychologen." Lachte er immer noch. „Warte nur ab du wirst dich ab mir noch manchmal wundern." „Mir ist das lieber du bleibst so wie du bist. Komm wir setzen uns vor den Kamin, der ist kuschelig warm."

Dies taten wir auch und keins machte Anstalten sich wieder anzuziehen. Ich setzte mich vor ihn und er legte seine Arme um mich. „Schatz ich würde gerne mit dir eine Familie gründen." „Da müssen wir noch ein wenig warten, weil zuerst muss ich meinen Job in den Griff kriegen und ganz gesund werden." „Das weiß ich Schatz, aber bitte setze doch trotzdem die Pille schon ab, denn ich bin doch auch noch da, um dir zu helfen. Ich glaube auch in den paar Tagen hier bist du richtig gesund geworden, auch brauchst du bald deine Tabletten nicht mehr." „Schatz übrigens die Pille würde sowieso nichts nützen bei den Tabletten und haben wir einmal mit Kondom verhütet? So wie ich mich erinnere nein." Ich verdrehte die Augen denn mir kam siedend heiß einen Gedanken und wurde sogar rot dabei. Sascha merkte dies und wusste sofort was ich hatte. Er lachte nur. „Hör auf zu lachen, heute bist du richtig unmöglich, Ich sollte sowieso aufpassen, denn durch die Medikamente hätten sie die Wirkung sowieso verloren und wir hatten die ganze Zeit Heißen Sex, so ein Mist."

Er schlang noch fester die Arme um mich und küsste mich auf den Kopf, jetzt spielte auch nichts mehr eine Rolle. „Schatz dies alles hatte ich in den letzten Jahren so vermisst," flüsterte ich leise. „Ich auch mein Schatz, aber ab Morgen fängt ein ganz neues Leben für uns zwei an. Zwar werde ich eine Woche als Schaffner unterwegs sein, da sehen wir uns ein bisschen weniger und du bist wahrscheinlich mit deinem neuen Job auch ziemlich ausgelastet." „Ja ich hoffe das auch alles funktioniert. Ich freue mich richtig auf die neuen Aufgaben." „Das wird es ganz sicher, denn eigentlich Weiß jeder was zu tun ist." „Das ist gut so, dann habe ich doch die richtige auf diesen Posten gesetzt, denn mit meiner Mama hate ich in letzter Zeit immer Spannungen, jetzt weiß ich endlich wieso," blinzelte er mir zu. „Aber mal eine ganz andere Frage: Wie sieht es den mit deinem alten Job aus? Ich habe dich ja richtig überrumpelt." „Ich habe meinen Job durch meine Krankheit verloren und machte diese Ferien mit meinem letzten Gehalt, also keine Panik." „Aber etwas möchte ich noch machen, ohne dass du jetzt sauer wirst." „Und das wäre?" „Ich würde gerne diesen Florian anrufen, weißt du vom Reisebüro, ihm meine Neuigkeiten mitteilen. Er hat sich immer wieder nach mir erkundet." „Ja dann mach das, und sonst lädst du ihn einmal zu uns ein, dann lerne ich dein zweites Gspusi auch mal kennen." Lachte Sascha. „Ich hatte nichts mit ihm, aber wer weiß was passiert wäre, wenn wir uns nicht kennengelernt hätten." Blinzelte ich ihm zu.

„Hey was soll das jetzt?" „Ach Schatz mache doch nur Spaß. Ist aber schön das ich mit dir so offen über Florian sprechen kann, ich mag ihn wirklich, aber eher wie ein Bruder." Lachte ich, als er sein Gesicht zu einer Grimasse verzog. „Schatz ich habe Hunger, wollen wir mal unsere Küche inspizieren?" „Ja komm das machen wir." Wir machten uns etwas Leichtes zum Abendessen, das wir vor dem Kamin einnahmen. Als wir fertig waren räumten wir alles in die Küche, machten das Feuer aus und gingen nach oben, denn morgen war ein stressiger Tag. Ich kuschelte mich in Saschas Arme, schlief aber auch sofort ein, da dieser Tag es doch in sich hatte.

7

Am anderen Morgen erwachte ich immer noch in Saschas Armen, merkte aber das er mich beobachtete. „Guten Morgen mein Schatz, gut geschlafen?" „Guten Morgen und wie, schon lange nicht mehr so gut." „Dann geh mal unter die Dusche, ich mache in der Zwischenzeit Frühstück, danach gehe ich Duschen und unser Tag kann beginnen." „Sascha wann musst du anfangen?" „Ca. in einer Stunde, also hopp, kriege ich heute gar keinen Kuss?" „Ja, wenn du mich so hetzt, habe ich ja keine Zeit für einen Kuss." Lachte ich. Trotzdem trat ich einen Schritt auf Sascha zu und ging auf die Zehenspitze, um ihm einen Kuss zu geben, er war ja auch einen Kopf grösser.

Wir frühstückten, danach zogen wir uns an und gaben uns zum Abschied noch einen Kuss. „Martina lass dich ja nicht ärgern, wir sehen uns am Nachmittag wieder, ich melde mich dann noch." „Ich und mich ärgern lassen, nie." Blinzelte ich lachend. „Aber du könntest mich schnell beim Hotel vorbeifahren." „Das hatte ich ohnehin vor."

Als wir beim Hotel ankamen hatte ich trotzdem ein mulmiges Gefühl, da ich nicht wusste was alles auf mich zukam. Ich gab Sascha zum Abschied noch ein dickes Bussi. Danach machte ich mich auf in die Höhle des Löwen. Ich grinste innerlich, den so schlimm kann es gar nicht werden.

Ich wurde sehr freundlich von Bettina der Empfangsdame begrüßt. „Guten Morgen Bettina, irgendetwas Wichtiges gleich zum Anfangen?" Begrüßte ich sie mit einem Lächeln. „Guten Morgen Martina, nein nichts, nur viel Post, die zu beantworten wäre, soll ich dir direkt einen Kaffee bringen?" „Nein Danke hatte schon genug, glaube nicht, dass der mir heute noch guttut, habe sowieso schon so ein komisches Gefühl." „Das wird schon." munterte sie mich auf.

„Also dann werde ich mal Jacke und Tasche verräumen, danach sehe ich mal bei allen Abteilungen rein um mir vereinzelt ein Bild zu machen." Ich legte meine Sachen ins Büro und ging dann als erstes zu den Zimmermädchen, die schon fleißig die Zimmer reinigten. „Guten Morgen, ist alles klar bei euch oder habt ihr fragen?" „Nein alles ist klar, nur haben wir manchmal zu wenig Zeit pro Zimmer." „Ich werde überlegen was wir machen könnten, wie wäre es mit einer zusätzlichen Hilfe?" Ich inspizierte die Zimmer, die sehr sauber wirkten. Da war ich sehr pingelig, aber ich war mehr als zufrieden. "Das sieht sehr gut aus, macht auf jeden Fall so weiter, was ich da sehe gefällt mir sehr gut." "Oh Dankeschön, das wäre sehr gut, wenn wir noch eine Hilfe kriegten, dann könnten wir auch mal frei machen," meinte Sabrina, eines der Zimmermädchen. „Gut dann werde ich für eine weitere Hilfe schauen und ein wenig mehr Zeit auch, denn ich möchte es ja so sauber wie es jetzt ist beibehalten." Ich nickte ihnen zu und setzte meinen Rundgang fort.

Jetzt ging ich in die Küche, da nachher dort alle im Stress waren. „Hallo zusammen, wer ist für die Küche zuständig?" Ein großer Stämmiger Bursche trat auf mich zu und ich machte automatisch einen Schritt zurück. „Keine Panik, ich bin die

Sanftheit in Person, wenn man in der Küche macht was ich sage," lachte Simon. Nun ging auch ein Lachen über mein Gesicht. „Ja man weiß ja nie, wenn ich verbotenes Terrain betrete. Sonst alles in Ordnung in der Küche?" „Ja bei uns alles soweit klar." „Wer ist eigentlich für die Menüs verantwortlich, oder wie lief es bis jetzt?" "Das war ich, meistens setzten Silvia und ich uns zusammen und besprachen alles." „Das können wir, wenn es dir recht ist auch so beibehalten." Simon nickte nur und ging zurück an seine Arbeit. Deshalb verließ ich nickend die Küche.

Bevor ich meinen Rundgang fortsetzte ging ich ins Büro und setzte mich einen Augenblick aufs Sofa. Denn ich war doch sehr müde geworden und es war schon bald Mittag. Ging aber nicht lange und es klopfte an die Türe, als ich Herein rief, streckte Bettina den Kopf rein. „Ich habe gesehen das du richtig müde aussiehst, deshalb habe ich mir erlaubt dir einen Tee und einen kleinen Salat zu bringen." „Komm doch rein, dies ist aber sehr lieb von dir Dankeschön." „Gern geschehen."

Ich aß den Salat, das Brötchen und trank den Tee dazu, danach ging es mir wieder besser. Ich blieb aber noch eine ganze Weile in Gedanken sitzen, da klingelte plötzlich das Telefon. Ich ging um den Schreibtisch herum, setzte mich in den Stuhl bevor ich abnahm. Es war Sascha. „Oh hallo mein Lieber, schön dass du anrufst, wie ist dein Tag?" „Eigentlich ganz gut, aber du tönst müde." „Ja das
bin ich auch, war bis jetzt ein ziemlich anstrengender Tag, könnte eine Massage vertragen, " lachte ich. „Kriegst du heute Abend, an jeder einzelnen Stelle," konterte er zurück. „Oh da freue ich mich aber schon jetzt drauf, aber nun sollte ich weiterarbeiten." „Dann bis später mein Schatz." „Ja bis später."

Ich legte auf und machte ein bisschen Schreibtisch arbeiten. Aber desto trotz sollte ich meinen Rundgang noch fortsetzen. Also stand ich auf, verließ das Büro und schlug den Weg Richtung Wellness Bereich ein. Ich hörte aber schon von weitem ein höllisches Geschrei. Das durfte doch nicht wahr sein, was sollten den die Gäste denken. Als ich die Türe mit finsterem Blick öffnete war es augenblicklich totenstill. „Was ist denn hier los? Man hört euch durchs ganze Haus schreien?" Augenblicklich war es ganz still und keines sagte mehr ein Wort. „Ich will jetzt sofort wissen was hier los ist. Was sollen den unsere Gäste denken, wenn hier so ein Geschrei herrscht." „Mit dir reden wir nicht, nur mit der alten Chefin." „Na gut, dann könnt ihr in einer Stunde in meinem Büro die Papiere abholen. Denn ein bisschen Respekt mir gegenüber wäre angebracht." „Ich brauche diese Stelle, ich muss doch für meine Kinder und mich sorgen." Meinte eine junge Frau. „Na eben, ich will ja hier nicht den Chef rauskehren, aber ein bisschen mehr Hilfe hätte ich von allen gerne gesehen. Ich gebe jedem eine Chance seine Meinung zu sagen, aber dann erwarte ich auch ein wenig Respekt von euch allen. Wenn es Probleme gibt, dann kommt doch direkt zu mir, ich finde es nicht schön, wenn hinter dem Rücken getuschelt wird."

Ich drehte mich um nahm die Tür falle in die Hand und wollte schon diesen Raum verlassen. Nun wusste ich das der Streit mit mir zu tun hatte. Ich hörte von hinten eine Stimme sagen. „Du hast uns gar nichts zu sagen, du hast dich ja nur an den Chef herangemacht, damit du diesen Posten kriegst." Ich glaubte nicht was ich hörte, aber ich wusste genau welche es war. „Ist sonst noch jemand Außer Melanie dieser Meinung?" Ich schaute in die Runde und alle schüttelten den Kopf. „Gut dann arbeitet ihr weiter und Melanie packt seine Sachen und kommt gleich ins Büro die Papiere abholen, denn so was akzeptiere ich nicht. Und nur zur Info, obwohl ich euch keine

Rechenschaft schuldig bin. Ich muss mich nicht hochschlafen, um einen solchen Posten zu haben. Ich kann euch sonst meine Urkunden zeigen." Die meisten duckten sich und gingen fleißig wieder an ihre Arbeit. Nur Melanie machte ein hochmütiges Gesicht.

Nun drehte ich mich um und verließ das geschehen, ohne noch ein Wort zu sagen. Als ich am Empfang vorbeikam, sah Rebecca mich, die heute Nachmittag Dienst hatte. „Hallo, was ist denn mit dir passiert? Du siehst ja schlimm aus." „Ja genauso fühle ich mich auch, hatte gerade Ärger mit Melanie." „Oh", kam es nur. „Sage mir bitte war sie schon immer so frech Vorgesetzten gegenüber und sei bitte ehrlich zu mir. Komm wir setzen uns einen Moment ins Büro und bringe uns doch einen Tee mit." „Kommt gleich." Ich setzte mich im Büro in die gemütliche Sitzecke und wartete bis Rebecca eintrat. „Komm setze dich zu mir und erzähle mal ein wenig wie es bisher hier so war. Im Moment ist ja nicht so viel los." „Die ist erst so seit du da bist, weil sie gerne den Sascha gehabt hätte und ihm immer nachgestellt hatte, er sie aber immer abblitzen ließ und plötzlich tauchst du an seiner Seite auf. Ansonsten lief alles Problemlos, die arbeiteten, ohne irgendetwas zu sagen. Vielleicht hast du gemerkt das im Wellness Bereich auch junge Mütter arbeiten, die Kinder haben, die meisten sind alleinerziehend und dort konnten sie auch Teilzeit, aber auch Gleitzeit arbeiten." „Danke für deine Offenheit, übrigens ich habe mich nicht hochgeschlafen, wie sie behauptet. Ja das habe ich gemerkt und es ist schön das man auch jungen Müttern eine Chance gibt." „Das glaube ich dir. Nur Melanie ist sauer, weil sie gerne diesen Posten gehabt hätte, bitte pass auf dich auf nicht das sie noch was anstellt, ich traue ihr alles zu. So nun sollte ich wieder weiterarbeiten." „Danke diesen Rat werde ich beherzigen. Aber die anderen scheinen ganz nett und ordentlich zu sein?"

Als Rebecca das Büro verlassen hatte, setzte ich mich an den Schreibtisch, suchte den Ordner von Melanie hervor, zu meinem Erstaunen fand ich darin schon zwei Abmahnungen. Was sollte ich ihr nur ins Zeugnis schreiben, ach ich schreibe ihr ein annähernd gutes, will mir ja nichts nachsagen lassen. So machte ich es. Als ich gerade fertig war, klopfte es an die Türe. Als ich hereinrief, trat Melanie mit hocherhobenem Kopf herein. „Komm setz dich," sagte ich höflich. Sie trat näher setzte sich aber nicht, habe gedacht, wenn sie sich entschuldigt, dann würde ich ihr noch eine Chance geben, sondern sagte nur: „du wirst schon noch sehen was du davon hast, ich rufe gleich Sascha an, dann werden wir es sehen."

Ich schaute sie an und reichte ihr den Telefonhörer, damit hatte sie nicht gerechnet, denn sie machte einen Schritt rückwärts. Ich händigte ihr die Papiere aus und begleitete sie noch zur Türe. Ich wollte ihr zum Abschied die Hand reichen, aber sie schlüpfte einfach an mir vorbei. Ich schloss hinter ihr die Türe, setzte mich aufs Sofa, um mich ein wenig zu erholen.

Es ging nicht lange da klingelte tatsächlich mein Handy und es war Sascha. Dann hatte sie ihn also doch angerufen, aber jetzt war ich doch einmal gespannt, was sie ihm so erzählt hatte. Als ich mich meldete, meinte Sascha: „Hallo Schatz, du tönst nicht gerade begeistert mich zu hören?" „Entschuldige, aber da du anrufst bist du ja bestens über alles informiert? Ich nehme auch die Kündigung nicht zurück, auch nicht, wenn du dies möchtest." „Will ich doch gar nicht."
„Dann ist es gut denn jeder muss von Anfang an wissen das man einen gewissen Respekt voneinander haben sollte, und noch eins ich habe mich bei dir nicht hochgeschlafen, wie sie behauptet hat, um an diesen Posten zu kommen." „Waaaas hast du?" „Du hast schon richtig gehört, das war ja so klar, dass sie

dich anruft, um mich bei dir schlecht zu machen." „Schatz darf ich dich in einer halben Stunde abholen, ich habe nämlich Sehnsucht nach dir?" „Aber sicher doch, ich freue mich auf dich." Damit war das Gespräch beendet.

Ich setzte mich hinter den Schreibtisch und fing an alle Ordner der Mitarbeiter durchzuschauen.
Als ganz sanft die Türe aufging und Sascha den Kopf hereinstreckte. „Darf ich reinkommen?"
Mein Gesicht hellte sich auf. „Na komische frage, bin ja froh ein so liebes Gesicht heute noch zu sehen." Ich stand auf und ging um den Tisch herum ihm entgegen, schlang die Arme um seinen Nacken und gab ihm einen dicken Kuss, den er auch erwiderte.

Als ich mich von ihm löste, schaute ich ihn erst eine Zeitlang an. „Das tut richtig gut dich zu sehen, was hältst du davon, wenn wir uns nach Hause verziehen?" fragte ich ihn. „Super Idee, komm wir gehen durch die Hintertür und verschwinden heimlich." Genauso machten wir es, keine Menschenseele sah uns. Wir stiegen ins Auto und fuhren in unser Liebesnest. Zu Hause angekommen, stieg ich die Treppe hoch, zuerst trat ich ins Badezimmer und ließ Wasser in die Wanne laufen.

Im Schlafzimmer zog ich mich aus und ging dann nackt wieder ins Badezimmer. Sascha trank noch etwas in der Küche bevor er auch rauf kam, um sich umzuziehen. Fand mich aber nirgends, da ich schon am Schwimmen war. Als er bemerkte wo ich war, zog auch er sich aus und trat zu mir ins Badezimmer. „Darf ich auch zu dir rein steigen?" Ich wippte ein wenig lachend mit dem Kopf. Er stieg zu mir ins warme Nass. „Schatz das tut richtig gut nach diesem anstrengenden Tag." „Ja da hast du absolut recht, deshalb dachte ich, so könnte ich alle trüben Gedanken ausblenden."

„Martina weißt du wie wir das am besten handhaben?" Ich schüttelte nur den Kopf. „Also, wenn wir hier in unserem Nest ankommen, wird gar nichts geschäftliches mehr gesagt, da gibt es nur noch uns zwei. Du hast im Hotel voll freie Hand, nächste Woche bin ich dann wieder an deiner Seite. Ist diese Idee gut?" „Fantastisch." Ich versuchte mich auf die Knie zu rappeln, aber oje da schwappte ein wenig Wasser aus der Wanne, na auch egal. Ich streckte mich zu Sascha der schon die Arme ausgestreckt hatte und nun lachte. „Na komm her mein Schatz," lachte er immer noch. Weil ich immer noch kämpfte. Nun gab ich ihm einen Kuss, den er auch erwiderte mit aller Sehnsucht. „Ich liebe dich, hätte mit sowas nie gerechnet." keuchte ich zwischen einem Kuss. „Und ich dich erst, bin so froh habe ich dich gefunden." Langsam wurde das Wasser kalt, deshalb stiegen wir aus dem Wasser, rubbelten uns trocken. Sascha schlang ein Badetuch um die Hüfte und ging nach unten den Kamin anzünden. Ich rubbelte noch ein wenig meine Haare trocken, schlang danach meinen Bademantel um.

Da hörte ich schon Sascha rufen: „Schatz wo bleibst du?" „Bin schon unterwegs, du weißt doch Frauen brauchen immer etwas länger, weil sie ja den Männern gefallen wollen," lachte ich. Er schaute mich an und wippte nur mit dem Kopf. „Na nicht frech werden mein lieber, "lachte ich. Er nahm mich in die Arme und schwang mich herum. Wir lachten beide.

„Vorhin haben wir abgemacht das wir zu Hause nicht über die Arbeit sprechen, nun habe ich aber doch eine Frage." „Na komm setz dich zu mir, ich weisss schon was du wissen willst, ich beantworte sie dir gleich, komm setz dich habe da noch etwas vorbereitet. Als ich ums Sofa ging sah ich viele Häppchen, die auf einem Teller lagen. „Wann hast du denn die gemacht?" „Na, wenn meine Frau solange braucht," grinste er.

Ich verzog ein wenig das Gesicht, sagte aber gar nichts dazu. Als wir uns gesetzt hatten ließen wir uns erst die köstlichen Häppchen schmecken.

„So jetzt wo wir uns gestärkt haben werde ich dir erzählen was mir Melanie am Telefon gesagt hat, das ist doch das was du wissen möchtest, oder?" Ich nickte nur. „Also sie sagte das du sie vor allen anderen angebrüllt hast und dies auch noch ohne Grund, sie sei sich keiner Schuld bewusst. Als ich sagte dies könne ich mir gar nicht vorstellen, meinte sie nur, sie hätte keinen Grund zu lügen und sie werde die Kündigung anfechten den die sei ungerechtfertigt, ich solle doch dich entlassen und sie an deiner Stelle auf diesen Posten setzen. Da platzte auch mir der Kragen und ich sagte ihr ein paar Takte zu ihrem Verhalten."

Ich sagte immer noch kein Wort, aber in mir arbeitete es wie verrückt, dass ich bald platzte. Sascha merkte dies und legte den Arm um mich. „Du wolltest es wissen. Also beruhige dich wieder, habe sowieso nichts davon geglaubt, aber wenn du möchtest dann sage mir doch was genau vorgefallen ist."

„Also ich habe ja einen Rundgang gemacht und mit allen Gesprochen, plötzlich hörte man ein Riesengeschrei aus dem Wellness Bereich, als ich dort reinschaute, griff mich Melanie an und sagte von mir lasse sie sich nichts sagen, sie möchte wieder die alte Chefin und sowieso von einer die sich beim Chef Hochgeschlafen hätte, könne man sowieso nichts glauben. Eigentlich sagte ich gar nicht viel dazu, aber sie wurde immer vorlauter. Da bestellte ich sie ins Büro. Soweit war es das eigentlich. Wenn sie sich Entschuldigt hätte, dann hätte ich ihr noch eine Chance gegeben, sie war aber richtig hochmütig und sah nicht ein das man ein wenig mehr Respekt haben sollte. "

„So was habe ich mir schon gedacht, die wollte sich auch immer an mich heran machen, ließ sie aber immer wieder abblitzen und das hat sie wahrscheinlich nicht verkraftet." „Ja ich habe in ihrem Ordner auch schon zwei Abmahnungen gefunden, also hat deine Mama ihr auch schon eine zweite Chance gegeben." „Ja das ist möglich, darüber weiß ich nicht Bescheid, denn ich ließ auch meiner Mutter freie Hand. Aber jetzt was Erfreuliches, habe heute eine Postkarte von meinen Eltern bekommen, die machen eine Kreuzfahrt und lassen auch dich herzlich Grüßen., das heißt auf jeden Fall mein Vater."

„Oh wie komme ich zu der Ehre?" "Na hör mal, mein Vater mag dich doch, Mutter wird sich auch wieder einkriegen, wenn ich endlich glücklich bin und so eine großartige Frau an meiner Seite habe." „Weißt du ich habe ja schon lange alles vergessen und nachtragend bin ich auch nicht. Dein Vater ist ja echt nett." „Das ist doch gut so, dann darf ab jetzt die ganze Welt wissen wie verliebt wir sind." Ich rutschte nur zu ihm rüber, gab ihm einen Kuss, mehr sagte ich nicht.

Wir gingen heute einmal früh schlafen, weil es doch ein sehr anstrengender Tag gewesen war. Heute wurde nur noch ein wenig gekuschelt. Wir schliefen nach einem herzhaften Gutenachtkuss sofort ein.

8

In den nächsten Wochen wurden wir ein richtig gutes Team, bei
der Arbeit sowie zu Hause. Es gab auch keine Zwischenfälle
mehr, somit könnte alles so schön sein. Aber eines Tages wurde
es mir so schlecht das ich nicht mal mehr zur Arbeit fahren
konnte. Ich musste die ganze Zeit Erbrechen, hatte einfach ein
komisches Gefühl. Sascha gefiel das nicht mehr, weil es auch
ein paar Tage später nicht besser wurde, deshalb wollte er das
ich einen Arzt aufsuche.

Ich machte für den nächsten Morgen einen Termin beim Arzt.
Nun rief ich Sascha bei der Arbeit an. Als er sich meldete
meinte ich: „Hallo Schatz, ich habe gerade einen Termin für
morgen früh beim Arzt gemacht." „Oh das ist super, ich werde
dich dann auch begleiten und sonst geht es dir besser?" „Ja es
geht, wäre froh, wenn diese Übelkeit vorbei wäre und auch
diese Schmerzen, mein Kopf zerplatzt fast. Ist langsam
mühsam, denn ich möchte wieder arbeiten. Bin nicht gemacht,
um herumzusitzen." „Das wird schon wieder, ruhe dich noch
ein wenig aus, komme auch gleich nach Hause, hier ist alles
ruhig." „Dann bis später, ich freue mich."

Wir beendeten das Gespräch, ich versuchte mich bis Sascha
kam noch ein wenig auf dem Sofa auszuruhen. Dies gelang mir
aber gar nicht, denn ich kriegte starke Bauchschmerzen, ich
krümmte mich richtig vor Schmerzen. Deshalb hörte ich gar
nicht, dass Sascha plötzlich neben mir stand. „Schatz was ist
mit dir los?" fragte er nur. Ich krümmte mich noch mehr,
brachte auch kein Wort mehr heraus. Da hörte ich das er
Telefonierte und einen Krankenwagen bestellte.

Danach setzte er sich wieder zu mir, streichelte mir über den Kopf. Plötzlich schrak er hoch. „Schatz du blutest ja ganz stark. Ich hoffe der Krankenwagen kommt bald." „Ich merke es aber konnte nichts machen, da ich sehr große Schmerzen hatte und nicht aufstehen konnte." „Bleib ruhig liegen ich hole dir ein paar Handtücher." Bevor er aber diese holen konnte klingelte es. Er kam mit dem Notarzt zu mir, der mich dann auch Untersuchte und mir eine krampflösende Spritze gab. Danach ging es mir sofort besser, sie luden mich auf eine Trage. Bevor sie mich aber mitnahmen, besprach er noch etwas mit Sascha, ich verstand aber nicht was.

Im Spital wurde ich noch einmal gründlich untersucht, Sascha wich nicht von meiner Seite, als ich dann auf ein Zimmer gebracht wurde, setzte er sich zu mir ans Bett, aber an seinem Kopf an wusste ich das etwas gar nicht stimmte. In diesem Moment betrat ein Arzt das Zimmer und was der mir mitteilte schockte mich erst recht. „So Frau Betz, wir haben sie gründlich untersucht, leider muss ich ihnen mitteilen, dass sie einen Schwangerschaftsabbruch erlitten haben, ausgelöst durch eine Vergiftung. Wir behalten sie zur weiteren Kontrolle ein paar Tage hier." Mit diesen Worten verabschiedete er sich. Vergiftung, wieso Vergiftung, das hatte ich doch schon hinter mir bevor ich in die Ferien fuhr, damals als ich Sascha kennen lernte und jetzt fing alles wieder von vorne an.

Ich brachte kein Wort heraus, mir liefen nur noch die Tränen herunter. Sascha trat zu mir und wollte mich beruhigen, aber dies gelang ihm nicht so recht, da es auch für ihn einen Schock war. Deshalb lief er zur Türe und verschwand, ohne noch ein Wort zu sagen, ich schaute ihm nur traurig nach. Ich schlüpfte tief unter die Decke und hing richtig abwesend meinen Gedanken nach, zwischendurch ließ sich eine Schwester blicken, auch Essen mochte ich nichts.

Plötzlich kam doch Sascha noch einmal zurück. „Ich hätte dir hier jemanden der gerne mit dir sprechen möchte." Er streckte mir sein Handy hin, ich schüttelte aber den Kopf. „Ich kann jetzt mit niemandem sprechen." „Ich glaube mit diesem Herrn möchtest du sehr gerne sprechen." Ich schaute ihn ein wenig Skeptisch an, nahm dann das Telefon doch entgegen. Bevor ich mich meldete, meinte Sascha: „Ich muss noch was erledigen, darf ich in der Zeit dein Handy benutzen, dann kannst du in Ruhe Telefonieren." Ich nickte nur. Ich meldete mich mit: „Martina Betz." „Hallo Martina hier ist Florian." Ich ließ fast den Hörer fallen. „Hallo noch jemand da?" Tönte es aus dem Hörer. „Ja bin noch da, war nur ziemlich erschrocken deine Stimme zu hören." „Jetzt sag mal Martina, wie geht es dir wirklich?" Mir kamen schon wieder die Tränen. Unter schniefen meinte ich: „Nicht so gut, wie du dir vielleicht Vorstellen kannst." „Mir tut dies alles sehr leid, wenn ich dir irgendwie helfen könnte, dann sage es mir bitte." „Nach deinem Brief zu urteilen, willst du ja nichts mehr zu tun haben." „Martina lassen wir das mal, jetzt geht es nur um dich." „Dann komm mich besuchen, ich würde dich gerne sehen." Ich hörte ein Klicken in der Leitung.

Ich schaute das Handy ganz komisch an. Hatte Florian doch tatsächlich aufgelegt. Ich legte das Handy auf den Nachttisch. Jetzt liefen mir die Tränen erst recht runter. Da klopfte es an die Tür. Ich zog die Bettdecke bis zur Nasenspitze hoch, denn sehen wollte ich niemanden. Die Türe ging einen Spalt auf und Florian streckte den Kopf rein. „Na möchtest du mich jetzt sehen?" Jetzt schlüpfte ich erst recht unter die Decke, denn ich hatte ja ein ganz verheultes Gesicht. Die Türe ging ganz auf und herein kamen meine beiden liebsten Männer. „Na Schatz, ist die Überraschung gelungen?" „Sascha was hast du angestellt?" „Nichts, habe Florian angerufen, ihm alles erzählt, denn ich dachte du könntest ein wenig Abwechslung brauchen.

Er war sofort bereit zu kommen und hier ist er." Sascha lachte, weil ich so große Augen machte. „So ihr zwei, ich lasse euch mal allein, denn ich habe noch ein paar Dinge zu regeln." Er gab mir noch einen Kuss und verschwand mit einem Lächeln. Nickte aber Florian noch aufmunternd zu, der immer noch bei der Türe stand.

Als die Türe sich geschlossen hatte, kam Florian zaghaft näher. Er lächelte schüchtern, als er neben meinem Bett stand, streckte ich ihm meine Hände, die er auch sofort ergriff. „Schön, dass du da bist das tut mir richtig gut." Ich zeigte ihm, dass er sich aufs Bett setzen soll, was er auch tat. Er schaute mich an, ohne ein Wort zu sagen, Ich versuchte mich ein wenig aufzusetzen. Legte nun meine Arme um ihn und gab ihm einen Kuss. Mir war egal ob Sascha zu diesem Zeitpunkt reingekommen wäre. „Martina, das geht doch nicht, du weißt genau, dass ich dich Liebe." „Ja das weiß ich seit dem Brief, den du mir hinterlassen hast. Wegen dem Küsse ich dich heute trotzdem, ohne jeglichen Hintergedanken. Ich hoffe wir können trotzdem sehr gute Freunde bleiben? Was hat dir Sascha eigentlich gesagt."

„Er hat nur gesagt, ob ich wirklich mit dir keinen Kontakt mehr möchte, denn du sprichst noch viel von mir. Als ich sagte ich möchte aber nicht zwischen euch stehen, meinte er, er wisse von dem Brief. Danach erzählte er mir was dir passiert ist. Ich setzte mich auch direkt ins Auto und da bin ich." Lachte Florian. Ich hörte schweigend zu, staunte nur was Sascha da angestellt hatte, er wusste doch wie Florian und ich zueinanderstehen, aber dann war er sich mir ganz sicher. Florian verabschiedete sich jetzt auch mit einem Kuss, er versprach mich morgen wieder zu besuchen, ich sollte ein wenig schlafen.

Als er gegangen war, versuchte ich ein wenig zu schlafen, konnte aber nicht, da ich auf Sascha wartete, um ihn zu danken. Es schmerzt zwar sehr, aber der Besuch von Florian, hat sehr gutgetan.

Als es schon fast Abend war und ich bis jetzt nichts mehr von Sascha gehört hatte, machte ich mir doch ein wenig Gedanken. Mir ging es ein wenig besser, habe mir nur überlegt wer mich wohl weghaben möchte. Kam mir aber niemand in den Sinn. In diesem Moment ging die Türe auf und das erste was ich sah war ein großer Bunter Blumenstrauß. Dahinter kam Sascha sein blinzeltes Gesicht zum Vorschein.

„Schatz darf ich reinkommen oder möchtest du mich nicht mehr sehen?" „Wieso sollte ich dich nicht mehr sehen wollen? Du kannst ja hoffentlich nichts dafür, oder? Florian ist auch schon gegangen." „Na eigentlich bin ich schon ein wenig Schuld, ich habe dir hier zwei Herren der Polizei mitgebracht, die dir ein paar Fragen stellen wollen." Die wollten wissen ob ich schon vorher was gemerkt hätte und irgendeinen Verdacht hätte. Ich sagte ihnen, dass es mir schon seit einiger Zeit sehr schlecht ging und dann auch noch von dem Streit mit Melanie und dies von Roberto, aber ich glaubte nicht, dass mir jemand so schaden wollte. Ich sagte ihnen noch das Florian Marthaler damals mit mir am Tisch gesessen hätte. Da wollten sie wissen, wo sie ihn erreichen konnten. Sascha nannte ihnen das Hotel. Einer der Herren machte sich Notizen, danach verabschiedeten sie sich.

Sascha hatte die ganze Zeit kein Wort gesagt und nur zugehört. Als die Herren gegangen waren trat er an mein Bett und beobachtete mich, weil mir wieder die Tränen in die Augen schossen. „Schatz beruhige dich doch wieder." „Sascha das ist einfacher gesagt als getan, ich muss immer wieder an das kleine denken und ob ich überhaupt noch einmal schwanger werden kann. Dann ist da noch meine Vergangenheit wo genau gleich war und jetzt wiederholt es sich ein zweites Mal, also nicht mit der Schwangerschaft, sondern mit der Vergiftung." „Keine Sorgen mein Schatz, der Arzt hat gesagt, es komme wieder alles in Ordnung, also nicht verzweifeln. Bin doch für dich da." „Ich weiß, tut aber trotzdem sehr weh, ich frage mich nur wer so etwas machen sollte?"

„Martina überlege mal ganz scharf, diese Melanie hat doch wüste Beschimpfungen gegen dich ausgestoßen und ich habe erfahren, dass Sebastian und sie seit einiger Zeit ein paar sind. Sebastian kommt doch an alles gut ran und mir begegnet er immer mit einem hochmütigen Kopf. Keine Ahnung was ich ihm getan habe, erst habe ich geglaubt es sei Roberto, aber der macht seine Arbeit und man hört kein böses Wort von ihm." "Aber so gemein kann doch keiner sein und ich glaube gar nicht, dass es Roberto ist. Nein das kann ich gar nicht glauben. Aber das diese Melanie jemanden so manipulieren kann, das glaube ich schon eher."

Ich musste ein paar Tage im Spital bleiben, um mich zu erholen, Florian besuchte mich in dieser Zeit häufig, es entstand eine richtig schöne Freundschaft zwischen uns drei. danach musste ich auch zu Hause noch liegen bleiben und mich ruhig verhalten. Ich kannte ihn ja nicht so gut, aber er machte auf mich einen kompetenten Eindruck. Er machte mir auch immer wieder Mut und meinte, wenn mir irgendwann alles zu viel würde, sollte ich doch wieder nach Hause fahren. Aber so schnell wollte ich nicht aufgeben. Als ich zu Hause war und eines Tages Sascha von der Arbeit nach Hause kam, sah ich genau das irgendetwas nicht stimmte. „Schatz ist was passiert, dein Gesicht spricht Bände?"

„Wir haben seit heute wieder einen Mitarbeiter weniger. Am liebsten würde ich alle rauswerfen und mit dir allein ein kleines Berghotel führen." „Um Himmelswillen was ist denn jetzt schon wieder passiert?" „Heute hatten wir wegen deinem Fall die Polizei im Hotel und die haben Roberto mitgenommen, um ihn zu verhören, danach hatte ich unzählige Stornierungen." „Wieso den Roberto, wenn ich fragen darf?"

"Die sind der Meinung das er mit deiner Vergiftung zu tun hat, wie mir die Polizei mitgeteilt hat bekamen sie einen anonymen Anruf. "Oh das kann ich gar nicht glauben, die sollten besser mal diesen Sebastian unter die Lupe nehmen, ich habe so ein Gefühl, das er was damit zu tun hat. Was habe ich denn denen gemacht, dass diese Personen so gemein zu mir sind?" „Gar nichts, das ist ja das Problem, du hast einfach nur mich gekriegt." Ich schüttelte nur den Kopf. Als ich die Sprache wieder fand meinte ich: „Schatz holst du uns was zu trinken, dann setzen wir uns nach draußen und besprechen mal alles. Ich möchte dir auch noch was sagen." Er sprang sofort auf und ging in die Küche, ich setzte mich draußen auf einen Liegestuhl, nahm eine Decke, machte es mir so gemütlich wie möglich und wartete auf Sascha.

Als er endlich auftauchte, in der einen Hand zwei Gläser zu trinken, in der anderen Hand einen Teller voller Sandwich. „Oh das war eine super Idee, da hätte ich auch selbst draufkommen können." „Ach Schatz, ich denke doch immer an dich." lachte er. „Aber was hast du dir den ausgedacht?" „Na vorhin hast du doch gesagt am liebsten würdest du alles verkaufen, oder?" „Ja das habe ich gesagt."

„Na wieso machen wir das nicht einfach und kaufen uns ein kleines Berghotel wo uns niemand kennt und fangen noch einmal ganz von vorne an. Denn hier bleibt ab jetzt ganz sicher etwas hängen, wenn ich mich nicht ganz täusche kommen noch mehr Stornierungen." „Da hast du wahrscheinlich recht, obwohl wir zwei nichts dafürkönnen. Dich möchte ich auch nicht mehr im Hotel sehen." „Was soll das jetzt heißen? Ich bin ja wohl ganz unschuldig. Soll ich etwa abreisen?"
„Oh so habe ich das nicht etwa gemeint. Wollte damit nur sagen, dass ich dich nicht noch einmal einem solchen Risiko aussetzen möchte. Roberto scheint mir zwar unschuldig zu sein, aber traue ihm trotzdem nicht. Deshalb bleibst du schön brav zu Hause und suchst für uns ein kleines schmuckes gemütliches Bergrestaurant, kann aber auch auf einer Alm sein. Und was wolltest du mir noch sagen?' „Ich habe mal ein wenig mit Florian telefoniert, das hat richtig gutgetan." „Und was hat dieser Florian zu sagen," lachte Sascha. „Er meinte, du sollst ja gut auf mich aufpassen, sonst." Ich drohte ihm lachend mit dem Finger.

„Ich werde sehr gut auf dich aufpassen. Da kann er sicher sein." „Möchte mich sowieso noch bei dir bedanken, dass du ihn damals hast kommen lassen. Obwohl du wusstest wie wir zueinanderstanden." „Ja ich hatte auch kurz überlegt ob das eine gute Idee war, aber ich wollte dir was Gutes tun. Klar, wenn du mit ihm zurückgefahren wärst, hätte ich sehr darunter gelitten. Aber nach allem was passiert war, hätte ich dich sogar verstanden."

Wir besprachen noch so einiges, bis spät am Abend war und mir fast die Augen zufielen. Deshalb gingen wir zu Bett. Ich kuschelte mich noch ein wenig an Sascha, der in letzter Zeit wegen all dem Stress auch ziemlich abgenommen hatte.

9

Einige Wochen später, ich hatte mich soweit erholt, es schmerzte zwar trotzdem noch, dass ich unser Baby verloren hatte, hatte ich ein paar schöne Objekte gefunden. Sascha wollte mich bei der Arbeit nicht mehr sehen, er wollte mich schonen. Als er dann an einen Abend nach Hause kam, wollte ich ihm eigentlich direkt die Neuigkeiten erzählen, kam aber nicht dazu. Er gab mir einen Kuss und sprudelte auch direkt los. „Schatz ich kann unser Hotel zu einem sehr guten Preis verkaufen, weiß aber noch nicht genau wer dahintersteckt, weil es kam ein Zwischenmann. Schau mich nicht so skeptisch an."

„Das ist doch sehr schön und super für uns, ich habe auch ein paar super Objekte, die wir zusammen anschauen könnten." „Dann zeig mal her." „Warte doch erst mal unser Essen ab, ich habe nämlich für dich gekocht." Erst jetzt bemerkte er den gedeckten Tisch, der ganz Romantisch mit Kerzen verziert war. „Was haben wir den zu feiern, Geburtstag haben wir nicht, habe ich irgendetwas vergessen?" „Nein mein Schatz habe gedacht nach all dem Stress haben wir mal wieder einen schönen romantischen Abend mit allen Zutaten verdient." Er nahm mich in den Arm, schwenkte mich herum, bis ich quietschte. Wir lachten und küssten uns.

Wir setzten uns und ließen uns das Essen schmecken, ich hatte noch ein Dessert gemacht, das wir dann im Wohnzimmer vor dem kuscheligen Kamin einnahmen. „Schatz du hast fantastisch gekocht." „Danke mein Schatz, habe ich doch gerne für dich gemacht." Er küsste mich, ich erwiderte ihn und knüpfte ihm ganz langsam dazu sein Hemd auf. Ich fuhr mit meinen Fingern ganz sanft über seine warme Haut. Ich zog ihm mit beiden Händen das Hemd aus und fing ihn überall an zu liebkosen. Ich merkte, dass er es richtig genoss, denn wir haben uns schon lange nicht mehr so geliebt. Auch er fing an mich ganz langsam unter der Bluse zu streicheln und meine Brustwarzen wurden richtig hart. Wir liebten uns wie es das erste Mal wäre. Als wir dann später so ausgelaugt neben einander lagen, meinte Sascha: „Schatz, wenn du wüsstest wie mir das die letzte Zeit gefehlt hat, vielleicht können wir ja so noch einmal einen Neuanfang wagen?" „Also an mir soll es nicht liegen." Wir küssten uns und genossen das zusammen sein. „Jetzt müssen wir nur ein geeignetes Objekt für uns finden, dann Verkaufen wir das Hotel sofort." „Ach das hätte ich doch jetzt fast vergessen, aber alles andere schien mir wichtiger zu sein. Ich habe ein paar Objekte gefunden, die passen könnten, wenn du möchtest könnten wir uns diese am Wochenende ansehen." „Aber sofort, zeig mal her."

Ich stand auf und lief zum Büro, um die Unterlagen vom Schreibtisch zu holen. Als ich zurück kam schnalzte Sascha mit der Zunge und verdrehte die Augen. „Was ist los, gefällt dir was nicht?" lächelte ich ihn verführerisch an und stand in einer erotischen Stellung vor ihm. Er streckte die Hand nach mir aus und zog mich zu sich runter, die Unterlagen flogen in alle Himmelsrichtung, er zog mich ganz fest an sich heran, küsste mich und flüsterte mir ins Ohr: „ich liebe dich. Ich bin froh hast du dich für mich Entschieden und nicht für Florian." „Sag mal, wolltest du mich damals testen?" „Ne sicher nicht, hätte aber doch sein können das du nach diesen Sachen lieber abgereist wärest, oder?" „Weißt du mein Schatz, ich bin nicht so schnell fürs aufgeben." Ich gab ihm einen Kuss. Damit war die Sache abgehackt und in nächster Zeit wurde Florian mit keinem Wort mehr erwähnt.

Danach kramte ich nach den Unterlagen und gab sie Sascha zum Lesen. Der staunte, seine Augen wurden immer grösser. „Schatz ich hab's, dies hier gefällt mir am besten." Ich nahm ihm den Prospekt aus der Hand. Das war ein kleines Ausflugsrestaurant auf einem Berg, zwar nur im Sommer geöffnet, aber das war uns egal. „Gut dann mache ich am Samstag einen Termin aus und wir kraxeln den Berg hoch." ich blinzelte ihm zu. Er lachte.

„Martina das wäre doch perfekt, dort kennt uns niemand und wir könnten ganz neu anfangen. Wenn wir hier alles verkauft haben, reicht es sehr gut." „Halt, ich möchte dieses Haus nicht verkaufen, vorerst jedenfalls nicht." Nun gingen wir doch zu Bett, damit Sascha noch ein paar Stunden Schlaf kriegte. Mit der Überraschung vom Wochenende konnten wir zu dieser Zeit überhaupt nicht rechnen.

Ich konnte diese Nacht nicht so schnell einschlafen, deshalb schaute ich ein wenig Sascha zu. Nun bin ich mir ganz sicher, das ich den richtigen Weg eingeschlagen habe und bei Sascha geblieben bin, egal was noch kommen mag, hoffe einfach das wir immer so glücklich bleiben. Ich legte meinen Kopf noch ein wenig an Saschas Schulter, er hob im Schlaf seinen Arm, ich kuschelte mich hinein, er hielt mich ganz fest. So schlief auch ich ein.

10

Am nächsten Morgen als Sascha zur Arbeit gefahren war, nahm ich den Telefonhörer in die Hand und rief die Nummer des Bergrestaurants an und machte einen Besichtigungstermin für den folgenden Samstag aus. Als ich dies erledigt hatte zog ich mich hübsch an und machte mich zu Fuß auf den Weg, um doch einmal Sascha zu besuchen. Er hatte es mir zwar untersagt, war mir aber heute so ziemlich egal.

Ich schlenderte durchs Dorf, begegnete dem einen oder anderen, manche fragten auch wie es mir so gehe. Plötzlich klingelte mein Handy, als ich abnahm war es Sascha, an seiner Stimme merkte ich aber, dass er sehr aufgebracht war. „Schatz was ist los, warum bist du so verärgert?" „Martina wo bist du gerade, können wir uns treffen, möchte dringend mit dir was besprechen?" „Eigentlich bin ich gerade auf dem Weg zu dir, warum?" „Dann treffen wir uns in unserem Lieblings Kaffee." „In Ordnung bin gleich dort und warte dann auf dich." Wir beendeten das Gespräch.

Als ich um die Ecke bog, sah ich auch gerade unser Auto um die Ecke biegen, na da hatte es ja einer eilig, dachte ich noch lächelnd bei mir, aber das Lachen sollte mir noch gründlich vergehen. Aber er strahlte doch als er mich sah, dann war ich an seiner Stimmung also nicht schuld. „Hallo mein Schatz, das passt ja perfekt." „Ja du kamst auch wie eine Rakete angeschossen, was ist den los?

Er gab mir einen Kuss. „Komm wir setzen uns drinnen erst hin." Wir bestellten beide einen Kaffee und ein Stück Kuchen dazu, es war ja schon früher Nachmittag. „So Sascha raus mit der Sprache was hat dich so auf die Palme gebracht? Habe ich etwas damit zu tun?" „Nein du am allerwenigsten, du bist einfach damals zwischen die Fronten geraten." „Was ist dann passiert?"

Er nahm einen Schluck Kaffee bevor er mir antwortete. „Meine Mama steckt hinter dem Kauf unseres Hotels. Sie will das für ihren Sohn Roberto kaufen und mich so raushaben." „Das darf doch alles nicht wahr sein, du willst mich doch sicher veräppeln? Ich dachte es sei wieder alles gut zwischen euch?" „Nein will ich ganz sicher nicht. Ich wusste seit langem das irgendetwas nicht stimmte, deshalb wollte ich dich bei der Arbeit auch nicht sehen. Sie tauchte immer wieder auf obwohl ich ihr Hausverbot gab, nachdem was dir passiert ist. Mein Vater hat sich von ihr getrennt und ist von der Reise nicht zurückgekehrt und niemand weiß genau wo er jetzt ist."

Ich hörte schweigend zu, als er geendet hatte wusste ich erst gar nicht was ich antworten sollte, deshalb schwieg ich einfach und aß meinen Kuchen zu ende. Auch Sascha schwieg, den dies war ja ungeheuerlich, als ich wieder Worte fand, sagte ich: „das darf doch alles nicht wahr sein, wenn ich damals nicht in dein Leben getreten wäre, wäre dies alles vielleicht nie passiert und Roberto macht da auch mit?" „Schatz hör auf dir Vorwürfe zu machen, du bist ganz sicher nicht schuld, eventuell warst du der Auslöser, weil ich dich meiner Mama vor die Nase gesetzt habe. Aber wir hatten schon seit langen Spannungen und ich wusste nicht wieso. Was Roberto weiß und ob er mitmacht kann ich nicht sagen, habe ihn seit damals nicht mehr gesprochen, er geht mir aus dem Weg, habe immer das Gefühl ihm sei alles richtig unangenehm."

„Aber wie soll es jetzt weitergehen?" „Ich werde auf jeden Fall verkaufen, habe jetzt bei dem Makler den Preis noch höher angesetzt, weil ich erfahren habe wer dahintersteckt, ich möchte nur wissen wo mein Vater abgeblieben ist." „Wenn wir alles geregelt haben werden wir nach ihm suchen und ihn ganz sicher auch finden. Warte muss schnell einen Anruf tätigen."

Ich rief das Bergrestaurant an und fragte nach ob wir dies nicht so schnell wie möglich besichtigen könnten und ob sie etwas zum Übernachten hätten. Als ich das Telefon beendet hatte, sah Sascha mich neugierig an, denn er blickte bei dem Telefonat im ersten Augenblick gar nicht durch. Ich hing ein wenig meinen Gedanken nach, wie wir das jetzt am besten machen könnten. „Schatz wir bezahlen, fahren nach Hause, packen ein bisschen Wäsche ein und machen einen Ausflug in das kleine Bergrestaurant, besichtigen dies und verbringen die Nacht im Stroh, denn Fremdenzimmer gibt es nicht. Was sagst du dazu?" Er schüttelte lachend den Kopf. „Meine Frau hat sie nicht mehr alle beisammen." „Wieso? Ich finde die Idee super, ich stelle mir gerade vor wie das Stroh auf unserem nackten Po kitzelt." Jetzt lachte Sascha aus vollem Hals und schüttelte den Kopf. „Also manchmal hast du komische Gedanken."

Wir bezahlten und fuhren nach Hause, dort angekommen machte ich einen Rucksack parat. Sascha flitzte nach oben, zog sich bequeme Kleider an und kam so schnell wieder runter das ich staunte. „Oh bist du aber schnell fertig, das kenne ich von dir ja gar nicht." „Ich bin froh so schnell wie möglich hier weg zu kommen." „Schatz aber vorher müssen wir noch ein Gespräch führen, und zwar mit deiner Mutter, danach fahren wir sofort los, ohne irgendjemandem etwas zu sagen."

Wir luden den Rucksack ins Auto und fuhren zum Haus seiner Eltern. Als wir geklingelt hatten ging es ziemlich lange bis die Türe geöffnet wurde. Als Silvia mich sah wollte sie ohne ein Wort die Türe wieder schließen, aber so schnell ich konnte hatte ich meinen Fuß dazwischen, ein Schmerz durchzuckte mich, aber war egal ich nahm den Fuß nicht mehr weg. Ich verzog nur ein wenig das Gesicht. „Was wollt ihr hier," sagte sie ziemlich unfreundlich. Ich sagte nur: „mit dir sprechen, das bist du Sascha schuldig." „Das geht aber dich gar nichts an, du bist ja schuld das alles soweit kam, wieso musstest du hier deine Ferien verbringen und den Sascha manipulieren?" „Erstens kann ich meine Ferien verbringen wo ich will, zweitens habe ich niemanden manipuliert, drittens wo die Liebe hinfällt. Würdest du jetzt die Güte haben uns reinzulassen, oder sollen alle Nachbarn das Gespräch mitanhören?" Sascha sagte kein Wort, schaute mich nur mit großen Augen an.

Endlich gab sie mit einem mürrischen Blick die Türe frei, wir folgten ihr ins Wohnzimmer und sahen zu unserem Staunen, den Makler und Roberto dort sitzen. Sascha hatte bis jetzt nichts gesagt, deshalb sprach ich. „Das trifft sich ja gut, dass ihr alle hier seid, dann braucht es nur ein Gespräch." „Nun möchte ich ganz genau wissen was hier eigentlich gespielt wird, habt ihr es nur auf das Hotel abgesehen und wolltet ihr Sascha einfach rauskicken? Was habe ich eigentlich mit der ganzen Sache zu tun, ihr kanntet mich ja vorher gar nicht, ich kam nur als Gast ins Hotel. Jetzt mal raus mit der Sprache. Sie als Makler sind auch nicht mehr tragbar, wir werden einen anderen suchen oder es selbst in die Hand nehmen. Von dir Roberto habe ich auch nicht gedacht das du bei diesem miesen Spiel mitmachst." Alle schauten sich an und ich merkte wie ich ab jetzt ignoriert wurde, ich war aber auch so nicht kleinzukriegen. Sascha schaute mich an und nickte.

Keiner sagte auf meine Worte etwas. Es war totenstill. Ich merkte das Roberto etwas sagen wollte, aber als Silvia ihm einen bösen Blick zuwarf, klappte er seinen Mund wieder zu. Na, die setzt ihn ja schön unter Druck, dachte ich bei mir.

„Ihr habt Martina gehört, also raus mit der Sprache." Silvia fing an zu sprechen. „Sascha wir haben nicht gehört das jemand etwas gesagt hätte, wir wissen nicht was du von uns möchtest." Ich platzte fast vor so viel Unverschämtheit, Sascha merkte dies. Er nahm meine Hand und blickte mir tief in die Augen, aber still sein konnte ich auch nicht.

„Na gut, wenn ihr mit mir nicht sprechen wollt rufe ich die Polizei an und zeige euch an, denn es gibt genug Gründe, was ihr mir alles angetan habt." Mit diesen Worten verließ ich das Wohnzimmer und trat auf die Straße hinaus wo ich als erstes die reine Luft einsog. Was drinnen los war wusste ich nicht, Sascha rannte wutentbrannt an mir vorbei und stieg ins Auto ein, mich übersah er völlig. Als er bemerkte das ich noch da stand stieg er doch aus und öffnete mir die Beifahrertüre. „Schatz entschuldige ich war so wütend." „Das habe ich gemerkt, darf ich trotzdem mitfahren." „Na klar, komm steig ein damit wir hier so schnell wie möglich wegkommen, mir ist schon ganz übel."

„Schatz nicht aufregen, bringt sowieso nichts." „Ich weiß, hast du mal gemerkt das keiner eine Antwort gab dir gegenüber." „Genau deshalb habe ich das Haus verlassen, sonst wäre ich geplatzt." "Schade warst du nachher nicht mehr dabei, denn mir ist der Kragen geplatzt und weißt du das Beste, dies ist gar nicht meine Mutter, nur der Vater gehört zu mir." „Was ist denn mit deiner Mutter passiert?" „Die sei bei meiner Geburt gestorben. Jetzt weiß ich auch das schlechte Verhältnis, das ich immer zu Silvia hatte." „Aber was hast du jetzt vor?"

„Das Hotel gehört wirklich mir, das habe ich geerbt von meiner Oma. Ich werde nicht verkaufen, sondern werde es verpachten und wir zwei schauen uns jetzt die kleine Alm an, danach werden wir uns entscheiden. Danach werden wir nach meinem Vater suchen. Gib mir doch noch einen Kuss." Ich gab ihm einen Kuss, bevor er einen Weg einschwenkte, der zur Alm führen sollte. Wir sahen eine Bank, dort hielt er an und wir stiegen aus, er legte den Arm um mich. Der Ausblick war fantastisch, es ging schon auf den Abend zu und die Sonne tauchte die Berge in ein super Licht. Ich schmiegte mich an Sascha. So blieben wir einige Zeit stillsitzen.

Aber es wurde doch langsam Zeit unsere Reise fortzusetzen, aber was uns dort erwartete, war unglaublich. Es war eine große Almhütte, drumherum weideten die Kühe, einfach Natur pur. Es war ganz friedlich. Wir setzten uns an einen freien Tisch, was danach geschah riss dem Sascha ganz den Boden unter den Füssen weg. Zum Glück saß er. Denn aus der Almhütte trat Werner sein Vater. Als er uns erblickte ging ein schüchternes Lächeln über sein Gesicht. Sascha stand auf und nahm ihn einfach in die Arme, ohne ein Wort zu sagen. Hinter Werner trat eine gutaussehende Frau mittleren Alters heraus und kam auf mich zu. „Guten Abend, ich glaube wir haben telefoniert?"

„Guten Abend ich bin Martina," stellte ich mich vor. „Ich bin Heike, sollen wir uns zwei Mal ein wenig umsehen? Die Männer sind ja anderweitig beschäftigt," lächelte sie. Wir standen auf und sie zeigte mir alles. Das war eine richtig schöne Almhütte und wenn Sascha dies nicht wollte dann nahm ich es. Als wir so in der Küche beieinanderstanden, kamen auch die Männer zu uns, Sascha umarmte mich von hinten und lachte als er mein Gesicht sah. „Schatz so gefällst du mir wieder besser als vorhin." „Es geht mir auch wieder viel besser." „Komm dann setzen wir uns nach draußen und bereden das unter acht Augen."

Dies machten wir auch so. Heike brachte noch Getränke für alle und einen leckeren Kaiserschmarren. So liebte ich es, auch Sascha machte ein zufriedenes Gesicht. „Sascha ich hätte eine super Idee." „Na dann lass mal hören." „Wir kaufen dies alles, bewirtschaften dies in zweiter Generation und machen hinten aus den alten Ställen Zimmer für uns, Heike und Werner können ihre behalten. Denn wir brauchen ja auch Großeltern, die zwischendurch auf unsere kleinen aufpassen."

Alle schwiegen und schauten mich nur an, ich zuckte mit den Schultern und lächelte nur geheimnisvoll. Sascha fand als erstes wieder die Sprache. „Schatz, du bist die beste, dies ist eine super Idee, dafür Liebe ich dich so. Was sagt ihr zu diesem Angebot?" Werner und Heike schauten sich an, lächelten und nickten. „Papa schön dich wieder zu haben, habe schon gedacht ich sehe dich nie wieder. Aber sage mir mal wie du hier auf die Alm kommst, das verstehe ich überhaupt nicht." „Schatz stehst du heute auf der Leitung? " fragte ich ihn.

„Sascha du hast eine kluge Frau," meinte Werner. Sascha warf mir einen Blick zu und verstand momentan gar nichts mehr. „Schatz soll ich dir auf die Sprünge helfen?" „Nein das möchte ich von Papa erfahren, entschuldige ist nicht böse gemeint." „Weiß ich doch, na Werner dann erzählt eurem Sohn mal die ganze Geschichte, denn ich glaube ich habe sie schon einigermaßen verstanden. Da ich vorhin Heike ein wenig beobachtet habe, als wir in der Küche zusammen sprachen." Lachte ich Werner aufmunternd zu. Auch Heike warf mir ein schüchternes Lächeln zu. Doch bevor Werner was sagen konnte stupste Sascha mich in die Seite. „Was heißt hier eurem Sohn?" Ich lachte nur und Werner fing an zu erzählen.

„Wir waren damals sehr jung und verliebt ineinander. Ich war 20 und Heike 15, das war unsere erste große Liebe, aber Heike kam aus gutem Hause und ich aus einer gewöhnlichen Arbeiter Familie. Ihre Eltern akzeptierten unsere Liebe nie, dann wurde Heike auch noch schwanger. Ihre Eltern schickten sie nach Holland wo sie bei verwandten bleiben sollte bis das Kind zur Welt kam. Ich erfuhr nie was aus den beiden geworden war, mich schickten sie auch zu einer Familie und dort lernte ich die 10 Jahre ältere Silvia kennen. Wir kriegten keine Kinder, aber durch einen Zufall erfuhr ich was aus dem kleinen Jungen geworden war. Wir holten ihn zu uns und nannten ihn Sascha. Wir führten eine ruhige Ehe, die aber nie aus der großen Liebe bestand. Das Hotel hast du damals wirklich von deiner Uroma geerbt, und zwar mütterlicherseits, also von Heikes Oma. Die das Hotel nicht an Heikes Mutter geben wollte, da sie nie verkraftet hat, dass sie Heike gezwungen haben, dich wegzugeben, somit hat sie mit ihnen gebrochen und danach dir alles vermacht. Den Rest mit Roberto kennst du ja. Ich kam ja von der Reise nicht zurück, da Silvia und ich nur gestritten haben. Eines Tages hatte ich Lust auf einen Berg zu steigen, um mal über alles nachzudenken, da wollte es der Zufall mit mir sehr gut und ich traf hier meine Jugendliebe wieder und erzählte ihr was aus ihrem kleinen Jungen geworden ist. Wir haben lange Gespräche geführt und sind zu dem Schluss gekommen, dass wir von nun an gemeinsam durchs Leben gehen wollen. Wir hatten uns auch vorgenommen Sascha bald alles zu erzählen, dass es aber so schnell sein sollte, ahnten wir auch nicht."

„na für die Schnelligkeit bin ich ja bekannt, wie ich dies geahnt hätte." Lachte ich. Sascha sah mich nur mit einem Seitenblick an.

Wir hatten vorher alle still zugehört, als Werner geendet hatte stand Sascha auf und machte sich auf Richtung Wald. Werner erhob sich und wollte ihm folgen. Ich hielt ihn am Arm zurück: „Lass ihn gehen, er muss dies erst verdauen, war ein wenig viel für ihn, ich werde nach ihm schauen, wir sehen uns dann morgen früh, eine Nacht im Stroh wird ihm guttun. Gute Nacht ihr zwei." „Gute Nacht Martina und passe gut auf ihn auf." Ich nickte nur und folgte Sascha.

Ich fand ihn auf einer kleinen Lichtung, es war so dunkel, dass ich nur seine Umrisse sah, er saß auf dem Boden und bewegte sich nicht. Ich trat zu ihm, setzte mich still neben ihn. Ich legte den Arm um seine Schultern, er legte seinen Kopf danach auch an meine Schultern, ohne ein Wort zu sagen. So saßen wir eine ganze Weile da, es war still man hörte gar nichts. Plötzlich kam Bewegung in ihn, er drehte sich immer noch wortlos zu mir und suchte meinen Mund auf, er gab mir einen gierigen Kuss, ich erwiderte ihn.

Über das gehörte sprachen wir nicht. Wir standen auf und schlenderten Arm in Arm ganz gemütlich zurück. Im Stall angekommen sahen wir zu unserer Überraschung ein großes Bett zurechtgemacht auf Stroh, das duftete herrlich. Wir zogen uns bis auf die Unterwäsche aus und legten uns hin. Das pickst aber doch überall und ich kicherte wie ein kleines Mädchen. Sascha schaute mich Kopfschüttelnd an, nahm mich in den Arm, danach war an Schlaf nicht mehr zu denken. Wir liebten uns bis in die frühen Morgenstunden. Aber so auf der Nackten Haut pikste das Stroh ziemlich, wir kicherten beide.

11

Als wir uns vom Stroh befreit hatten, er stand in Unterwäsche vor mir. Slips hatte ich auch schon an, ich zog nur ein Leibchen oben an. Er schaute mich mit einem Blick an, der nichts Gutes verhieß. Kaum hatte ich den Gedanken zu Ende gedacht, kam er immer näher, ich wich zurück und hatte die Türklinke in der Hand, ich schob die Türe auf und sprang so wie ich war lachend auf die Wiese hinaus, er jagte hinter mir her. Wir lachten und scherzten zusammen und vergaßen wieder mal die ganze Welt. Das wir lächelnd beobachtet wurden merkten wir gar nicht. Als wir wieder bei der Almhütte ankamen, warteten schon Heike und Werner auf uns. „Wie wäre es mit einem Frühstück?" fragte Heike lachend. Wir nickten und meinten. „Aber erst müssen wir was überziehen," sagte Sascha lachend und sah an sich runter. Wir gingen rein und zogen uns an. Als wir wieder nach draußen traten, war der Tisch auf der Terrasse gedeckt und es duftete nach frischem Kaffee. Wir aßen alle voller Genuss, ist doch was anderes hier an der frischen Luft als unten in der Stadt.

Sascha strahlte heute richtig. „Schatz was ist heute mit dir du strahlst richtig?" „Ab heute fängt für uns ein ganz neues Leben an, mit meinen neuen Eltern und dir an meiner Seite kann gar nichts mehr schief gehen." „Sascha kannst du mir irgendwann verzeihen das ich dich weggegeben habe?" fragte Heike ganz schüchtern. „Was ich in letzter Zeit alles durchgemacht habe und die Angst um Martina, da glaube ich kann ich dies auch verzeihen. Aber sagt mal ihr zwei, was sagt ihr zu dem Angebot was Martina euch gestern gemacht hat?"

„Ja mein Sohn, wir haben lange darüber gesprochen letzte Nacht und würden dieses Angebot gerne annehmen unter einer Bedingung." „Und die wäre?" fragte Sascha. „Wir schenken euch alles, wir werden euch dann auch zur Seite stehen und auch zum Nachwuchs schauen, aber eben auch unser Leben leben. Schüttle nicht den Kopf." Sascha schaute mich an und sah das ich auch den Kopf geschüttelt habe. „Nein Papa und Heike dies wollen wir gar nicht, wir würden es euch gerne abkaufen und bitte keine Diskussion mehr. Das Hotel werde ich verpachten, den Silvia und Roberto werden davon nichts sehen."

„Genau mein Schatz, so wird es gemacht, wir werden hier gemeinsam Leben und unsere Kinder werden in der Natur aufwachsen mit den Großeltern zusammen. Aber sage mal was wollen wir mit dem Haus machen?" „Das werden wir auch behalten und vorläufig vermieten. Aber jetzt mal im Ernst, wieso kommst du eigentlich immer mit Kindern so weit sind wir doch gar noch nicht." „Wer weiß, wer weiß," blinzelte ich ihm zu. Als ich dies sagte stand ich auf, ging ein paar Schritte vom Tisch weg und rannte lachend auf die Wiese hinaus. Die Arme in der Höhe und tanzte von einem Bein aufs andere und blickte Sascha verführerisch an.

Werner meinte noch: „Heike so habe ich Sascha lange nicht mehr gesehen, ich meine so glücklich. Der sprudelt ja richtig vor Liebe, diese Martina tut ihm richtig gut." Was Heike erwiderte verstand ich nicht mehr, denn ich sah wie Sascha hochsprang und auf mich zu rannte, deshalb machte ich das ich wegkam. Ich hatte nur so schlappen an den Füssen, die flogen in alle Himmelsrichtungen und ich lachte nur laut auf. Ich war zu wenig schnell, da hatte er mich schon eingeholt und schwang mich durch die Luft. Plötzlich lagen wir im weichen Gras, küssten uns. Es war so herrlich, dem Alltag zu entfliehen.

„Schatz, wenn du dann wieder bereit bist, könnten wir dann ruhig mit der Familienplanung anfangen." „Wenn ich recht in der Annahme gehe ist das dafür leider zu spät." Grinste ich und gab ihm einen Kuss, denn er machte ein richtig verdutztes Gesicht. Wir standen auf und schlenderten zurück. Unterwegs sammelte ich noch meine Schuhe ein. Da fragte er mich erst: „Schatz, wie hast du das vorhin gemeint, damit sei es zu spät?" „Ach mein Schatz, ich habe so ein komisches Gefühl, ich könnte wieder schwanger sein. Ich bin mir aber nicht so sicher, dies müssten wir erst abklären. Aber jetzt regeln wir erst dies hier, also pssst."

Damit war dieses Thema erst einmal erledigt. Als wir zurückkamen, standen die zwei auf der Terrasse und schauten uns erwartungsvoll an. Sascha ergriff als erster das Wort: „Leider müssen wir schon wieder, Papa überlege dir, was ihr gerne dafür hättet, wir würden dann alles unten klären und wenn wir dürfen euch am Wochenende wieder besuchen." „Das muss Heike sich überlegen, den das ist alles ihr. Genauso machen wir es Sascha, ihr seid hier jederzeit herzlich willkommen," meinte Werner mit einem Blick auf Heike, die nur nickte. Wir umarmten die zwei ganz herzlich und fuhren davon.

Zuerst waren wir auf der Fahrt ganz still, wir ließen die Eindrücke noch ein wenig auf uns wirken, plötzlich war es aber mit der Ruhe vorbei, da Saschas Telefon klingelte. Er hielt am Straßenrand an und nahm ab. Ich hörte aus dem Gespräch, das es Roberto war, der mit Sascha sprechen möchte, er machte einen Termin in zwei Stunden aus. Als er aufgelegt hatte, sah ich ihn fragend an. „Roberto möchte mich sehr dringend sprechen, möchtest du gerne mitkommen?" „Ich weiß nicht so recht." „Komm Schatz wir hören uns mal an was er von mir möchte." „Na gut dann fahren wir direkt ins Hotel." „Nein er möchte uns im Restaurant treffen, das ist sowieso schon komisch."

Wir fuhren eine Zeitlang ganz still weiter, jeder hing seinen Gedanken nach. Doch ich hielt diese Stille nicht lange aus. „Sascha lasse dich einfach nicht zu irgendetwas überreden was du nicht möchtest." Er schaute mich lange an. „Pass auf sonst fährst du noch in den Graben." Deshalb hielt er am Straßenrand an und stieg aus, ich tat das gleiche und ging ums Auto herum. Als ich neben ihn trat, legte er den Arm um mich, er blickte mich an, sagte aber immer noch kein Wort. Ich ließ ihn seine Gedanken ordnen.

Endlich sagte er leise. „Nein, nein mein Schatz diese Zeiten sind vorbei wo ich alles mit mir machen ließ. Habe ja jetzt meinen Vater und Heike wieder, das bleibt aber vorläufig unser Geheimnis, aber dass Heike meine Mutter sein soll da muss ich mich erst daran gewöhnen, auch habe ich mit Silvia noch ein paar Takte zu reden. Wenn wir zwei, aber fest zusammen halten wird sicher alles wieder gut kommen." „Ich werde ganz sicher an deiner Seite bleiben egal wie du dich entscheidest. Aber eines verstehe ich nicht, warum Roberto dich so dringend sprechen möchte, hatte aber schon damals das Gefühl, das er uns was sagen wollte, aber mit einen Blick auf Silvia verstummte er wieder." "Das ist schön zu hören, komm gib mir einen Kuss, dann sollten wir uns wieder auf den Weg machen. Aber recht hast du, kam mir auch so vor, na das werden wir ja gleich hören."

Ich gab ihm einen Kuss, wir stiegen wieder ins Auto und setzten unseren Weg fort. Als wir beim Restaurant ankamen beschlich uns ein komisches Gefühl. Wir betraten das

Restaurant, sahen aber das noch niemand hier war, deshalb setzten wir uns an einen freien Tisch am Fenster. Wir bestellten ein Getränk. Als dies kam und immer noch nichts von Roberto zu sehen war, beschlich uns erst recht ein komisches Gefühl. Sascha sprach auch nichts, somit hing auch ich meinen Gedanken nach.

Als plötzlich die Türe aufging und Roberto erschien, trauten wir unseren Augen nicht, was ist denn mit dem los? Er hatte ein blaues Auge, konnte sich fast nicht bewegen. Er sah richtig gehetzt aus. Jeder Glanz ist aus seinen Augen verschwunden und von dem hübschen Jungen war nicht mehr viel zu sehen. Als er uns sah, kam er sofort an unseren Tisch und setzte sich, schaute sich aber immer noch um ob alles in Ordnung sei. Sascha fand als erstes die Sprache wieder: „Roberto was ist denn mit dir los?"

„Als ihr weg wart hatte ich mit meiner Mutter eine heftige Auseinandersetzung, weil sie mich in alles reinzog. Ich muss gestehen, dass ich am Rauswurf von Martina beteiligt war, aber nie an der Vergiftung, wusste aber wer es war und sagte dies auch der Polizei. Ein paar Tage später klingelte es an meiner Türe, als ich öffnete standen so dubiose Typen vor mir, die mich dann auch bedrohten, weil ich bei der Polizei ausgesagt hatte. Ich schrie diese Typen an, danach hatte ich eine Faust im Gesicht, mit der Aussage, dass sie mich überall wiederfinden würden, wenn ich nicht Augenblicklich die Aussage zurücknehme. Ihr wart ein paar Tage weg, in dieser Zeit tauchte Silvia immer wieder im Hotel auf, drängte sich in alles rein und sagte dies sei mit Sascha so abgemacht. Vorsichtshalber tauchte ich dann unter." „Dafür musstest du doch nicht Untertauchen," meinte ich.

„Das sagst du so einfach, habe immer das Gefühl beobachtet zu werden." Sascha schaute mich an dann wieder Roberto, sagte aber noch kein Wort. Doch plötzlich stand er auf und meinte nur: „Ihr zwei bleibt hier sitzen, bis ich wieder zurück bin, verstanden?" Wir nickten nur, aber mir gefiel das ganz und gar nicht, denn Saschas Blick war richtig finster geworden. Wir waren ja nur ein paar Tage weg und da passiert so viel. Ich legte meine Hand auf Robertos, merkte aber, dass er leicht zusammenzuckte.

„Roberto ich tue dir nichts, ich mag dich trotz dem was alles passiert ist zwischen uns und ich kann auch vergeben, da nichts Schlimmeres passiert ist." „Du bist gut, wenn ich damals nicht mit dir weggehen wollte und dich nachher verpetzt hätte, wäre alles nie passiert."
In diesem Moment klingelte mein Handy, ich nahm ab und meldete mich. „Oh Sascha schön, dass du endlich anrufst und was ist passiert?" Er war sehr kurz angebunden, fragte nur ob Roberto noch da sei, als ich bejahte, meinte er ich solle mich auf den Heimweg machen und Roberto solle dort auf ihn warten. Ich solle aber ein paar Umwege machen. Dann legte er auf.

„Und was hat er gesagt?" fragte Roberto. "Nicht viel, nur das du auf ihn hier warten sollst, er komme dann auch gleich." Ich winkte die Bedienung herbei und bezahlte unsere Getränke. Ich stand auf, ohne ein Wort zu sagen und trat nach draußen. Ich merkte wie Roberto mir verdutzt nachschaute. Ich lief durch ein paar Gassen, traf hie und da noch ein paar Leute und quatschte mit denen ein paar Worte. Ich nahm mir viel Zeit, um nach Hause zu laufen. Als ich endlich zu Hause ankam und die Türe hinter mir wieder geschlossen hatte, lief ich die Treppe hoch und ließ im Badezimmer Wasser in die Wanne laufen.

Ging danach rüber ins Schlafzimmer, zog mich aus, auf nackten Füssen ging ich wieder ins Badezimmer zurück und stieg in das warme Wasser, das tat richtig gut. Ich schloss ein wenig die Augen und träumte so vor mich hin. Plötzlich bemerkte ich das noch jemand im Badezimmer sein musste der mich beobachtete. Als ich die Augen ein wenig öffnete merkte ich das ich von Sascha beobachtet wurde, er hatte ein leichtes lächeln auf den Lippen. Nun lächelte auch ich zurück.

„Hallo mein Schatz da bist du ja endlich." Er kam auf mich zu, gab mir einen Kuss. „Ja hat ein wenig länger gedauert als ich gedacht habe, aber wie ich sehe hast du es dir schon gemütlich gemacht." „Na, wenn du möchtest darfst du auch zu mir ins Wasser steigen." Das ließ er sich nicht zweimal sagen, denn so schnell wie heute war er noch nie ausgezogen. Über das andere Problem sprachen wir mit keinem Wort. Als er ins Wasser stieg setzte ich mich ein wenig auf damit auch Sascha genügend Platz hatte.

„Schatz das ist genau das richtige, dies habe ich jetzt gebraucht. Denn langsam drehe ich noch durch." Ich lächelte nur und streichelte ihn überall, er sagte kein Wort mehr, man merkte aber, dass er es genoss. Er setzte sich auf, nahm mich in den Arm. Als er mich küsste, sagte er ganz leise: „Ich liebe dich." Ich drehte mich um, setzte mich vor ihn hin, er schlang die Arme um mich und drückte mich ganz fest an sich. Wir genossen es noch ein wenig in dem warmen Wasser. Als es langsam anfing kühler zu werden, stiegen wir beide aus dem Wasser, ich wollte ein Handtuch nehmen, um mich trocken zu rubbeln, Sascha nahm es mir aber aus der Hand und warf es achtlos auf den Boden.

Er nahm mich in den Arm, Küsste mich ganz intensiv, hob mich hoch und trug mich rüber ins Schlafzimmer, legte mich dort ganz sanft aufs Bett, nun war er aber gar nicht mehr zu halten. Wir liebten uns wie wild. Als wir dann zu später Stunde so ausgelaugt nebeneinander lagen, fing Sascha doch an zu Erzählen.

„Ich habe doch lange der Silvia die Geschäfte vom Hotel überlassen und sie hat ziemlich viel Geld für sich abgeräumt, das heißt sie hat mich von vorne bis hinten betrogen." „Das heißt sie hat Steuergelder hinterzogen?" „Ja genau und nicht gerade wenig, Roberto war nicht ihr Komplize sondern Mittel zum Zweck, mein Vater hatte davon keine Ahnung, Roberto hatte alles rausgefunden, er wollte es mir erzählen, da lernte ich dich kennen und Silvia erpresste Roberto, ihn zu enterben, wenn er sich nicht still verhält. Somit rutschte er automatisch in die Sache rein. Auch die Steuerfahnder sind ihr jetzt natürlich auf den Fersen. Die Polizei hat jetzt Silvia in Gewahrsam genommen und in Untersuchungshaft gesteckt, deshalb wollte ich auch das du vom Restaurant aus auf Umwegen nach Hause läufst. Ach, noch was, die Mitarbeiter, die sie entlassen hat, habe ich wiedereingestellt. Bevor ich aber zu Hause ankam kriegte ich noch einen Anruf von der Polizei, dass Silvia alles gestanden hat. Auch Melanie und Sebastian wurden wegen der Vergiftung zur Rechenschaft gezogen, oder besser gesagt werden es noch."

„Schatz, ich hatte immer das Gefühl das Roberto nichts mit der Sache zu tun hat. Verkaufe doch das Hotel und dieses Haus auch und wir fangen bei deinen Eltern ganz neu an." „Am Anfang hatte ich ihn wirklich in Verdacht. Ja das muss ich wohl auch machen, damit ich die ganzen Steuern bezahlen kann." „Das tut mir so leid für dich. Wir machen das ganz anders, wir vermieten dieses Haus und das Hotel wird verpachtet und die meisten Einnahmen bezahlen wir für die Steuern. Oh, entschuldige da habe ich ja nichts zu bestimmen, wollte mich nicht einmischen." „Kein Problem, aber du hast vollkommen recht, möchte es eigentlich nicht verkaufen, da ich es von meiner Oma geerbt habe."

„Jetzt wird aber nicht mehr gejammert, bin ja auf einer Seite ganz selbst schuld, wieso habe ich mich so lange von den Geschäften zurückgezogen. Da muss ich jetzt einfach durch. Wir machen das in nächster Zeit so. Du bleibst zu Hause und packst ein was wir mitnehmen wollen, das lagern wir dann ein und nehmen nur das nötigste mit, vorläufig. Ich werde mich um einen Pächter kümmern und die Mitarbeiter über die Situation informieren. Danach ziehen wir auf die Alm und richten uns im Stall die leere Kammer ein und fangen ganz neu an."

„Oh Sascha genau so wird es gemacht." Es wurde draußen schon bald hell, so lange haben wir zusammen gequatscht. Ich kuschelte mich trotzdem noch ein wenig an Saschas Brust und küsste ihn darauf, er nahm mich ganz fest in die Arme. So blieben wir ganz still liegen bis es wirklich hell draußen war und es Zeit wurde sich an die Arbeit zu machen. „Sascha, ich werde nachher noch Werner und Heike informieren, damit sie wissen was ihnen für ein Trubel bevorsteht." Meinte ich lachend. „Oh ja, wenn sie dich erst besser kennen, wird ihnen das Lachen noch vergehen," meinte er schmunzelnd. „Hey was soll das heißen, so schlimm bin ich auch wieder nicht." Ich machte einen richtigen Schmollmund. Er nahm mich lachend in den Arm und tröstete mich wie ein kleines Kind. „Nein schlimm bist du überhaupt nicht, aber du wirst garantiert Leben auf die Alm bringen."

12

Sascha ging als erstes unter die Dusche, in der Zwischenzeit machte ich Frühstück, da klingelte Sascha sein Handy. Ich warf nur einen Blick darauf und sah das es das Hotel war, deshalb ließ ich es klingeln. Als er in die Küche kam, sagte ich ihm, dass er einen Anruf gekriegt hat. „Wer war es denn?" „Das Hotel, ich habe aber nicht abgenommen." „Gut, die können warten, erst muss ich mich stärken, danach geht es in die Höhle des Löwen." Als Sascha weggefahren war, rief ich Heike an und berichtete über die Neuigkeiten. Sie war richtig geschockt, meinte aber bei ihnen seien wir immer willkommen und sie freue sich schon, wenn wir dann ganz auf die Alm ziehen würden.

In nächster Zeit packte ich viel ein und hatte auch schon einen Transporter bestellt, der die meisten Sachen in eine Garage brachte, die wir angemietet haben, bis wir ein richtig neues zu Hause hatten. Sascha wickelte alles Geschäftliche ab, ein paar Mitarbeiter kündeten, aber der größte Teil blieb und arbeitete emsig weiter, um vielleicht nachher auch übernommen zu werden, dies wollten wir auch mit dem neuen Pächter besprechen das er sie mit übernahm. Am Abend als Sascha nach Hause kam war er jeweils sehr müde. Mir ging es ja nicht anders, da ich ja schon ziemlich weit mit der Schwangerschaft war.

Eines Tages als er so müde nach Hause kam, nahm ich ihn in den Arm, gab ihm einen Kuss. „Oh was ist passiert?" "Gar nichts mein Schatz, ich liebe dich nur so. Aber etwas hätte ich doch." „Na dann raus mit der Sprache, was hast du angestellt?" „Nicht viel, ich habe uns nur fürs Wochenende bei deinen Eltern auf dem Berg angemeldet, damit du dich wieder ein bisschen erholen kannst." „Das ist eine super Idee, weißt du was, wir packen ein paar Sachen zusammen und gehen gleich jetzt." „Geht das denn so einfach?" „Aber sicher geht das."

Genau so machten wir es, als wir fertig gepackt hatten und das Auto vollgestopft hatten, fuhren wir los, beide in Gedanken versunken. Als wir die Straße verließen, um die Bergstraße zu nehmen, meinte ich nur: „Schatz ich freue mich richtig auf die paar Tage in den Bergen, bin auch froh, dass die Schwangerschaft so problemlos verläuft." „Da bin ich auch sehr froh, weißt du wir ruhen uns dieses Mal nur aus und schaffen uns im Stall ein kleines Liebesnest, aber mehr machen wir heute nicht."

Als wir oben ankamen wurden wir schon von beiden erwartet. Heike kam direkt auf mich zu und umarmte mich herzlich. Auch Werner nahm Sascha in den Arm und begrüßte uns. Das ist doch so schön, wenn sich Leute noch so freuen, wenn sie uns sehen. „Martina komm mal mit, ich habe was für dich," sagte Heike und hakte sich bei mir ein. Die anderen schüttelten nur lachend den Kopf und folgten uns aber doch. Als wir im Stall angekommen waren, tat Heike richtig geheimnisvoll. Ich sah nur etwas Großes, das mit einem Tuch eingepackt war. Heike lächelte: „Martina, das habe ich für dich parat gemacht, du musst nur die Decke wegziehen."

Ich zog an der Decke und war richtig gespannt, denn keiner sagte ein Wort, alle schauten nur mir zu. Ich warf Sascha einen Blick zu, der mir aber nur lächelnd zuzwinkerte. Ich zog an der Decke und darunter kam eine wunderschöne alte Wiege zum Vorschein. Mir blieb jedes Wort im Hals stecken. Sascha trat hinter mich und staunte auch nicht schlecht. Da sagten Heike und Werner fast gleichzeitig: „die möchten wir euch schenken, da sollte damals eigentlich schon Sascha drin liegen, aber das kam ja alles ganz anders, wir haben sie nur ein wenig Restauriert." Ich war den Tränen nahe, Sascha nahm mich in den Arm, gab mir einen dicken Kuss. Ich stammelte nur ein Danke, mehr brachte ich nicht heraus, da ich so überwältigt war.

„Wir möchten euch ganz herzlich danken, jetzt kann ja das kleine Würmchen auf die Welt kommen," sagte Sascha und ich nickte nur und streichelte über meinen Bauch. Ich hatte ein glückliches Lächeln auf den Lippen. An unsere Probleme im Dorf unten dachten wir gar nicht mehr. Ich half Heike beim Bedienen der Gäste, die beiden Männer werkelten im Schuppen herum, zwischendurch hörte man nur ein Gelächter. Ich war so glücklich hier oben in der freien Natur. Am Abend, wenn keine Gäste mehr hier waren und wir ein wenig allein sein wollten, machten Sascha und ich lange Spaziergänge durch Wiesen und Wald. Wir fanden hier wieder richtig zusammen und liebten uns immer wie mehr.

Eines Abends als wir so durch die Wiesen streiften, nahm Sascha mich in den Arm: „Schatz ich hätte nie gedacht, dass du so naturverbunden bist, dir geht es ja hier als Almwirtin sehr gut." „Ja mir geht es sehr gut und die Arbeit macht mir richtig Spaß, aber du bist ja auch ein richtiger Naturbursche, hätte ich als ich dich das erste Mal sah auch nicht geglaubt." „Na warte es ab, du kennst noch nicht alle meine Talente." Grinste er mich an, küsste mich wie wild, was dann geschah hätte ich nie für möglich gehalten. Er zerrte ein wenig nervös an den Knöpfen meiner Bluse herum, bis ich ihm half, darunter kam mein nackter Busen zum Vorschein, den er dann mit der Zunge liebkoste. Ich keuchte und kicherte: „Schatz mach weiter." Ich hatte zwar schon ein Großes Bäuchlein, war mir aber egal. Er schupste mich ganz sanft ins Gras, fuhr mit der einen Hand unter meinen Rock und ins Höschen, ich merkte das ich ganz feucht wurde. Wir küssten einander und er streifte mir das Höschen von den Beinen und drang ganz sanft in mich rein. Als wir ausgelaugt nebeneinander lagen und uns die Sterne im Himmel ansahen, die richtig hell leuchteten, waren wir überaus glücklich.

Wir zogen uns an und machten uns lächelnd auf den Heimweg. Wir waren aber noch nicht ganz bei der Hütte da platzte bei mir die Fruchtblase. Sascha wurde richtig nervös. Ich sagte nur in ganz ruhigem Ton, dass er bitte Heike holen soll und ich mich aufs Bett legen werde. „Schatz es ist aber doch zu früh, mindestens zwei Wochen." „Das ist jetzt auch egal, hol jetzt bitte Heike, und zwar schnell." Er schaute mich an, weil ich ein wenig lauter geworden bin, machte aber sich doch in Richtung Hütte auf. Ich legte mich inzwischen ins Bett, dort krümmte ich mich vor Schmerzen, da die Wehen sehr heftig kamen.

„Martina, das machen wir zwei schon, die Männer habe ich drüben gelassen, die Hebamme ist benachrichtigt, da kann nichts mehr schiefgehen. " Ich wollte lächeln, da kam eine so starke Wehe, das ich nur noch das Gesicht verzog und schrie. „Martina versuche richtig zu atmen" „Du hast gut reden, das tut so weh." „Denke dabei einfach an dein kleines. Aber sage mir mal was ihr im Wald angestellt habt, dass es schon jetzt raus will?" „Nichts wir hatten nur den schönsten Sex unseres Lebens." „Aha," sagte sie nur lächelnd. Ich quälte mich schon wieder mit einer Wehe, aber diesmal war sie so stark und ich hatte das Gefühl pressen zu müssen. Zwischen zwei Wehen meinte ich:" wir wollten doch nur ein paar schöne Tage bei euch verbringen." „Kein Problem dann bleibst du jetzt hier und der Rest kann sicher Sascha noch allein regeln."

Da kam auch schon die Hebamme, die mir half, Sascha kam und hielt mir meine Hand, denn schon kam die nächste Presswehe. Die Hebamme schaute ein wenig grimmig drein, weil schon das Köpfchen rausschaute, jetzt ging alles sehr schnell. Denn bei der nächsten Wehe kam der kleine Junge schon heraus. Ich war so müde und schlapp das ich erst ein paar Minuten später realisierte das es ein Junge war und nicht wie alle annahmen ein Mädchen. Er wurde mir auf den Bauch gelegt nachdem bestätigt wurde das es uns beiden gut ging. Er hatte auch aus Leibeskräften geschrien und lag jetzt ganz ruhig da. Gewicht und Größe stimmten, auch wenn er ein bisschen früher kam als berechnet. Aber was solls, wir waren überglücklich und hatten vorher noch unsere innige Liebe zelebriert. Das hatte der kleine gemerkt und wollte jetzt unbedingt zu uns.

Sascha gab mir einen Kuss, blinzelte mir zu: „Schatz wir könnten doch jetzt noch einmal in den Wald gehen?" Ich lächelte ihn spitzbübisch an, schüttelte leicht den Kopf. Jetzt kamen auch Opa und Oma hinzu und Werner meinte nur: „Ihr zwei macht ja nur verrückte Sachen, da müssen Heike und ich auf euch aufpassen, oder Oma?" „Und wie wir auf die drei Aufpassen werden." Wir lachten alle und waren einfach nur glücklich und zufrieden.

„Sascha ich hätte einen kleinen Wunsch?" „Na was hat den mein Schatz nach der turbulenten Nacht noch auf dem Herzen?" „Ich dachte nur, ob wir den kleinen nicht Florian nennen könnten. Du weißt schon wieso ich dich frage." Sascha sah den kleinen an, überlegte kurz, lächelte dann aber und meinte: „ja wieso eigentlich nicht." „Ich danke dir mein Schatz." Die Großeltern schauten uns bei dem Gespräch nur komisch an. Sascha klärte die Situation nachher auf.

„Martina hat da einen sehr guten Freund, aus ihrer Heimat, der ihr auch sehr gut durch die schlimme Zeit im Krankenhaus geholfen hat, ich glaube sie will ihm damit ein Zeichen ihrer Dankbarkeit setzen." Ich nickte nur. „Das ist aber schön, dass es noch so gute Freund gibt," meinte Heike. „Ja obwohl er immer mehr von mir wollte, aber ich habe Sascha vorgezogen und das hat er glaube ich auch akzeptiert." Ich schaute Sascha ganz verliebt an.

13

Die Nacht neigte sich dem Ende zu und der Morgen fing mit herrlichem Sonnenschein an, geschlafen hatten wir noch nicht, nur der kleine Mann schlief ganz friedlich in seinem Bettchen. Heike ging an die Arbeit und auch Werner verschwand. Ich wurde aber auch müde, dies merkte Sascha und meinte: „Schatz schlaf doch ein wenig du kannst ja die Augen kaum noch offenhalten." Ich schloss die Augen, schlief auch sofort ein, merkte auch nicht das Sascha ganz leise das Zimmer verließ. Als ich erwachte war auch der kleine wieder wach und wollte etwas zu Essen haben. Ich nahm ihn hoch und setzte ihn an die Brust zum stillen. Komischerweise war es sehr ruhig auch von Sascha nichts zu hören.

Der kleine saugte friedlich an meiner Brust, ich war richtig stolz. Da klopfte es an der Türe und Heike streckte den Kopf herein. „Na da sind ja zwei wieder wach, und geht es mit stillen?" „Ja funktioniert ganz gut, aber mal eine andere Frage, wo ist eigentlich Sascha?" „Sascha und Werner sind zusammen zu eurem Haus gefahren, dort wollen sie einiges aus dem Haus holen, sie wollen beide das du mit Florian hierbleibst und nicht mehr nach unten fährst." „Sobald ich mit stillen fertig bin werde ich mich anziehen und dir ein wenig zur Hand gehen." „Nichts da, du machst es hier für euch drei ein wenig gemütlich. Du kannst vieles auch rauswerfen und wenn die zwei wieder da sind, wird neu dekoriert. Mach doch noch einen Spaziergang, ich schaue dann zu Florian." „Gute Idee, das mache ich zuerst." Lachte ich.

Als sie wieder gegangen war, der Flori schlief schon wieder, deshalb legte ich ihn in den Kinderwagen, zog mich an und trat hinaus zu Heike. Die nahm mir den Kinderwagen aus der Hand, ermunterte mich einen Spaziergang zu machen, aber nicht zu weit. Ich schlug den gleichen Weg wie gestern Abend ein. Als ich an der Stelle ankam wo unser Liebesspiel stattgefunden hatte, setzte ich mich ins feuchte Gras und fing das träumen an. Wie lange ich da so saß konnte ich später gar nicht mehr sagen. Plötzlich hörte ich hinter mir im Wald Äste knacksen. Ich drehte mich um und sah direkt in Saschas strahlende Augen. „Oh Schatz was machst den du hier," fragte ich. „Ja es ist schon spät und ich wollte sehen wo du abgeblieben bist, denn Florian hätte wieder Hunger." „Oh so lange sitze ich schon hier, habe ganz die Zeit vergessen."

Als wir zurück kamen hörten wir den kleinen schon schreien. Heike kam uns mit ihm auf den Arm entgegen und gab ihn mir direkt in die Arme. Oh Wunder er hörte auf zu schreien. „Entschuldige habe ganz die Zeit vergessen, kommt nie mehr vor." „Nicht so schlimm, er ließ sich nur nicht mehr beruhigen." Ich setzte mich auf einen Stein auf den Boden und setzte ihn zum stillen direkt hier draußen an. Er trank richtig gierig. Mir war auch egal wer mir zuschaute, Hauptsache der kleine war zufrieden. Heike ging Werner helfen, Sascha setzte sich zu mir ins weiche Gras.

„Da hatte aber jemand Hunger." „Ich habe ein richtig schlechtes Gewissen Heike gegenüber, wie könnte ich ihr etwas Gutes tun?" „Ich weiß da was, wir geben beiden ein paar Tage frei damit sie eine kleine Reise machen können und wir zwei Schmeißen hier den Laden, dann sehen wir ob wir das auch so gut können. Denn ich habe gehört das Heike noch nie richtig Urlaub gemacht hat." „Super Idee, darf ich ihnen das heute Abend beim Abendbrot selbst sagen?" „Na klar mein Schatz." Sascha gab mir einen liebevollen Kuss, der kleine Flori, wie wir ihn liebevoll nannten, schlummerte friedlich auf meinem Arm, jetzt war er ja auch gesättigt. „Sascha ging heute unten
alles gut?" „Alles hier was wir fürs erste brauchen, der Transporter war auch da, also das Haus ist leer." „Oh das ist super. Und hast du schon Mieter gefunden?" „Ja das habe ich ganz vergessen dir zu sagen, bei dem ganzen Trubel, es ist ein Ehepaar mit kleinem Kind, die haben gemietet auf den nächsten ersten und erst mal auf fünf Jahre." „Na großartig, da ist ja ein Problem schon gelöst."

Als wir bei der Hütte ankamen war Hochbetrieb, da viele Wanderer das schöne Wetter ausgenutzt haben. Ich legte Florian in Saschas Arme und ging Heike zur Hand. Bediente die Gäste, holte Getränke, kleine Snacks. Heike lächelte mir dankend zu. Als wieder Ruhe eingekehrt war, nahm Heike mich in den Arm. „Danke für deine Hilfe." „Das habe ich sehr gerne gemacht."

Wir wollten nach drinnen gehen, um etwas zum Abendbrot zu kochen, da kamen uns unsere Männer schon entgegen mit Grillfleisch, Salat, Brötchen, Tellern, Besteck, Gläser und Getränke. „So meine Damen, wir bitten zu Tisch," lachte Sascha. „Also ich entdecke immer wieder neue Seiten an meinem Mann, " lachte ich. Es mussten alle lachen, weil Sascha die Nase rümpfte und die Augen verdrehte. Wir ließen es uns schmecken, doch da ergriff ich das Wort: „ich habe ein wenig ein schlechtes Gewissen euch gegenüber, was heute passiert ist. Aber ich habe die Zeit vergessen." Ich wollte weitersprechen aber Heike viel mir ins Wort. „Das ist doch kein Problem, der kleine Mann hat sich ja wieder beruhigt und nachher hast du mir ja auch fleißig geholfen."

„Ich war aber mit meiner Rede noch nicht fertig. Ab Samstag schicken wir euch zwei für ein paar Tage in den Urlaub. Keine Wiederrede, wir übernehmen das ganze Geschäft." Die zwei schauten sich an, Werner fand als erstes die Sprache wieder. „Das ist eine super Idee, komm Heike wir gehen packen und planen eine Reise." „Halt Werner, Samstag ist erst in drei Tagen, also nicht so stürmisch. Ich muss zuerst hier noch aufräumen." „Nein, nein ihr zwei geht mal schön eure Reise planen und genießt den Abend, den Rest hier machen Martina und ich. Nur eines müsst ihr uns versprechen. Das ihr beide zusammen wieder zu uns zurückkommt" „Ganz sicher kommen wir wieder zurück, so schnell wirst du uns nicht mehr los." Die zwei liefen Hand in Hand in die Hütte wie zwei frisch Verliebte. Ich musste lächeln. War aber froh, das Werner auch wieder glücklich war.

Sascha und ich räumten alles rein und machten zusammen die Küche, der kleine schlief friedlich im Kinderwagen. Sascha trat hinter mich und umarmte mich, gab mir einen Kuss aufs Haar. „Schatz ich liebe dich so. Und jetzt sind wir auch schon eine kleine glückliche Familie, uns kann nichts mehr auseinanderbringen." Ich drehte mich um, lächelte und nickte, gab ihm einen Kuss. Als wir alles geräumt hatten, gingen wir hinüber in unser kleines Nest. Ich legte den kleinen in die Wiege und wir gingen dann auch schlafen. Der Florian kam einmal in der Nacht, ich stillte ihn und wickelte ihn, dann schlief er wieder friedlich ein. Sascha erhob kurz den Kopf als ich wieder ins Bett kam, ich legte mich in seinen Arm und so schliefen wir wieder ein.

14

Am nächsten Morgen erwachte ich, weil die Sonne in die Kammer schien. Als ich die Augen öffnete, sah ich als erstes Sascha der lächelte und mir den kleinen gab. „Guten Morgen du Langschläfer da hätte jemand Hunger, denn die Brust kann ich ihm nicht gut geben," lachte Sascha. „Guten Morgen, na dem können wir sofort abhelfen, aber ein Versuch wäre es wert, ob du das nicht auch kannst," lachte ich. „Schatz ich bin draußen am Helfen, du kannst ja nachkommen, wenn ihr zwei fertig seid, es ist ein herrlicher Tag." „Machen wir." Er gab mir einen Kuss und verschwand durch die Türe. In der Zeit wo ich stillte schaute ich mich in dem Zimmer ein wenig um. Also ich glaube wir bauen den ganzen Stall um, damit wir eine kleine gemütliche Wohnung für uns kriegen. Ich vergaß darüber ganz die Zeit.

Plötzlich klopfte es leise an der Türe und Heike streckte den Kopf rein. „Darf ich reinkommen?" „Na klar Oma jederzeit das weißt du hoffentlich. Aber wenn du schon hier bist könntest du mir den kleinen Mann abnehmen, dann könnte ich mich endlich Anziehen." Sie nahm ihn hoch, Wickelte ihn und zog ihn für nach draußen an. In dieser Zeit zog ich Jeans und nur ein Leibchen an, denn es war ein heißer Sommertag. Wir traten nach draußen, wo unsere Männer heiß am Diskutieren waren. „Na ihr zwei was habt ihr so Hitziges zu diskutieren?" „Ach Schatz geht wieder mal ums Geld." „Oh da komme ich ja gerade recht, ich dachte vorhin nämlich wir könnten den ganzen Stall zu einer Wohnung für uns drei umbauen." „Genau das wollte ich auch, aber Papa will wieder mal alles zahlen und das geht gar nicht." „Nein da hast du recht, das geht gar nicht. Die zwei sollen ab morgen mal ihre Ferien zusammen Genießen. Habt ihr schon eine Reise geplant?" „Nein haben wir nicht, wir machen eine Fahrt ins Blaue halten einfach dort an wo es uns gefällt, zum Übernachten findet sich immer was." „Da hast du recht Werner, das ist eine super Idee. Sagt mal ist das so heiß oder komme ich in die Wechseljahre?" „Schatz muss ich schauen ob du Fieber hast?" Lachte Sascha. „Nein, aber heute habe ich richtig heiß, ist doch nicht normal?"

Die nächsten zwei Tage arbeiteten wir Hand in Hand mit Heike und Werner zusammen, wir mussten ja schließlich wissen wie das alles funktioniert, wenn wir die zwei schon in die Ferien schicken. Wie wir erfahren haben, hat Heike schon seit Jahren keinen Urlaub mehr gemacht. Wir wollten ja den zweien auch zeigen, dass wir in dem Geschäft genauso gut sind wie sie. Wie ich auch sah, machte es Werner großen Spaß hier zu arbeiten, auch seit wir hier waren blühte er noch mehr auf. Dann merkte man gut wie Vater und Sohn ein sehr inniges Verhältnis zusammen hatten. Hoffentlich blieb das auch immer so, auch Heike war richtig locker drauf.

15

Als der Samstag angebrochen war, es war noch ziemlich früh
am Morgen, hatte Werner schon das Auto gepackt und war
startklar. Wir traten hinaus und begrüßten ihn. „Guten Morgen
Werner, na wo hast du den deine Herzdame gelassen?" Lachte
ich. „Da gibt es nichts zu lachen, wenn man mal mit Frauen in
die Ferien will, dann ist Geduld angesagt." Jetzt mussten wir
alle lachen, da tauchte aber auch schon Heike auf. Wir
wünschten ihnen eine gute Reise und sie sollten sich richtig
erholen. Als sie davonfuhren winkten wir bis sie nicht mehr zu
sehen waren.

Hier oben ging das Geschäft nicht so früh los, deshalb hatte ich
noch Zeit Florian zu stillen, der schrie nämlich auch schon. Wir
gingen Arm in Arm in unsere Stube. Wir setzten uns aufs Bett
und ich stillte den kleinen. Sascha meinte lachend: „Ob das mit
den zweien gut geht, so Ferien zu machen?" „Ich denke schon,
das ist zwar für die zwei wieder eine ganz neue Erfahrung.
Aber auch für uns hier oben, wir sind jetzt gefordert und sind
dann auch 24 Stunden zusammen." „Das
wird bei uns schon funktionieren, wenn du tust was ich sage,
also hopp an die Arbeit." So schnell Sascha konnte stand er
auf, damit ich ihn nicht kneifen kann, wenn er so viel Blödsinn
von sich gab. Er lachte und verschwand vorsorglich nach
draußen. Ich zog Fabian an und legte ihn in den Kinderwagen,
wo er zufrieden vor sich hinplapperte. Ich nahm ihn mit nach
draußen.

Sascha machte die Tische parat, denn wie ich von weitem sah
waren schon Wanderer unterwegs. Er merkte gar nicht, dass ich
hinter ihn getreten war. Ich gab ihm einen klabs auf den
Hintern, als er sich umdrehte drohte ich ihm lachend mit dem

Finger. Er lachte schelmisch, der heckt schon wieder was aus. Ich ging in die Küche, machte die Körbchen mit den Snacks parat und schmierte Brötchen für die Sandwichs, die wurden hier selbst gemacht. Als ich fertig war, brachte ich alles nach draußen. Inzwischen war es schon schön warm geworden.

Erst schaute ich nach unserem Sonnenschein, der schlief aber schon wieder. Nun wurde es aber Zeit Sascha zu helfen, der sah ein wenig abgekämpft aus. „Da bin ich mein Schatz, nun übernehme ich und du machst Pause." Sascha setzte sich, ich brachte ihm etwas zu trinken und lächelte ihn an. Ich war mir dieses Geschäft ja gewohnt und mir ging alles sehr leicht von der Hand. Ich redete mit den Gästen über verschiedenes und hatte immer ein lächeln parat. Als ich nach Sascha schauen wollte war er samt Kinderwagen verschwunden. Ich hatte aber keine Zeit groß darüber nachzudenken.

Als ich später ein wenig Zeit hatte, nahm es mich doch wunder wo meine zwei Männer abgeblieben sind. Als erstes schaute ich in unserer Kammer nach, da lagen sie auf dem Bett, Sascha schlief und Florian brabelte ruhig vor sich hin. Ich musste lächeln, Florian nahm ich mit nach draußen, es wurde ja schon wieder Zeit zum stillen. Im Moment waren sehr wenig Gäste da, denen erklärte ich die Situation, die zeigten auch Verständnis und bezahlten schnell. Ich sagte ihnen, dass sie sitzen bleiben könnten. Aber die Gäste meinten, sie wollten sowieso gleich gehen, ich verabschiedete mich und setzte mich ins Gras, so war es am schönsten mit dem kleinen. Als ich da so versonnen saß und der Kleine am nuggeln war, hörte ich aus der Ferne einen Wagen den Weg hochkommen.

Ich blieb aber sitzen und genoss die Zeit mit dem kleinen. Als der Wagen näher kam durchzuckte mich ein Schreck, denn es war Silvia die angerauscht kam. Ich bewegte mich immer noch nicht. Als sie ausgestiegen war, konnte ich ihr mürrisches Gesicht deutlich erkennen. Ohne Gruß sagte sie nur: „Ich will Werner sprechen." „Guten Tag Silvia" sagte ich höflich und stand auf. Sie schaute mich nur an und meinte noch einmal: „Wo ist er?" „Die Höflichkeit hast du wahrscheinlich vergessen, er ist nicht hier, auch wenn er hier wäre möchte er dich sicher nicht sprechen." Ich legte den kleinen in den Wagen zurück, denn ich traute Silvia alles zu, wie ich auch gleich erfuhr. Sie lief nämlich Richtung Haus und wollte auf eigene Faust nach Werner suchen. Ich stellte mich ihr in den Weg und sagte: „Halt bis hierhin und nicht weiter, das ist privat." Da holte sie aus und knallte mir eine. Meine Wange brannte höllisch.

Dies hatte Sascha gerade noch mitgekriegt, da er in diesem Moment aus dem Stall trat. Er kam mit einem Blick auf Silvia zu der nichts Gutes verhieß. Als er gefährlich nahe war, trat sie einen Schritt zurück. „Verschwinde hier und lasse dich nie mehr hier blicken." Er wartete bis sie im Auto war und davongefahren war. Ich stand immer noch auf der gleichen Stelle, meine Wange brannte noch immer wie verrückt. Sascha kam auf mich zu, nahm mich in den Arm, da fiel alles von mir ab und ich fing an zu heulen. „Schatz beruhige dich, setz dich dort mit Florian hin, ich hole dir Eis zum Kühlen, du bist ganz rot." „Das glaube ich gerne, es brennt auch höllisch." Ich nahm Florian auf den Arm und setzte mich ins Gras, das half mir ein wenig. Sascha kam mit dem Eis zurück und ich hielt es auf meine brennende Wange. „Ich räume schnell die Tische ab, danach erzählst du mal was passiert ist." Ich nickte und kuschelte mit unserem kleinen Spatz, der ganz große Augen machte. Es ging ja schon auf fünf Uhr zu, da kamen sicher keine Gäste mehr und am Abend hatten wir immer geschlossen.

Als Sascha mit allem fertig war, setzte er sich zu mir ins Gras, gab mir einen Kuss. „Schatz was ist eigentlich genau passiert?" „Na ich hatte viele Gäste, dich und den kleinen fand ich anschließend im Bett. Ich nahm ihn und stillte ihn genau hier, da hörte ich ein Auto kommen mit ziemlichem Tempo und Silvia stieg aus. Begrüßung Fehlanzeige, sie verlangte nach Werner, als ich ihr sagte der sei nicht hier, glaubte sie mir natürlich nicht und wollte selbst nachsehen. Ich stellte mich ihr in den Weg und das Ergebnis siehst du ja hier. Ich bin nur froh habe ich Florian vorher in den Kinderwagen gelegt." „Wie hat die nur wieder rausgefunden wo wir sind?" Ich zuckte nur mit den Schultern. „Ich wusste ja auch nicht, dass die aus der Untersuchungshaft entlassen wurde. Wenn ich richtig bin hat sie eben alles verloren und will jetzt noch Papa abzocken."

„Aber jetzt was anderes mein Schatz, wollen wir zwei heute Abend ganz gemütlich Grillieren und uns intensiv um uns und den kleinen kümmern?" „Ja Sascha super Idee, dann komm, machen wir alles parat." Ich stand auf gab Florian dem Sascha und ging in die Küche, um Ordnung zu schaffen und alles für unser Mahl vorzubereiten. Da erschien Sascha und meinte der Grill sei schon an. Ich gab ihm noch einen dicken Kuss und wollte an ihm vorbei. Er hielt mich aber fest und schaute mich an. „Ist was nicht gut?" „Nein nur deine Wange gefällt mir gar nicht, du bist feuerrot und ein wenig geschwollen." „Ach das vergeht auch wieder. Ich hätte nie für möglich gehalten, dass die so eine Kraft hat." Wir machten uns einen gemütlichen Abend mit leckerem Essen und spielten mit dem kleinen. Es war noch sehr warm, aber aus der Ferne sah es aus wie ein Gewitter aufziehen würde.

Ich brachte den kleinen ins Bett, Sascha räumte in der Zwischenzeit auf. Als ich wieder rauskam, hatte er auch die Tische und Bänke zusammengestellt. „Ich glaube es zieht ein

Gewitter auf." Ich schaute in den Himmel hoch. „Das glaube ich auch, mich hat es vorhin auch ein wenig gefröstelt, deshalb habe ich eine leichte Jacke angezogen." Hier oben hatte man nicht einfach um fünf Feierabend da gibt es immer wieder etwas zu tun. „Wann genau kommen Werner und Heike eigentlich zurück?" „Wenn alles gut geht dieses Wochenende, warum?" „Ach nichts wichtiges, habe nur gedacht dann hätten wir wieder ein bisschen mehr Zeit für uns." „Ja das wäre schön, komm so lange es noch nicht regnet setzen wir uns noch ein wenig draußen hin."

Er legte den Arm um meine Schultern, gab mir einen Kuss und zog mich mit bis zu einer Bank an der Hauswand. Von weit her sahen wir schon das Wetterleuchten. „Hoffentlich kommt das Gewitter nicht zu stark." „Oh hat da jemand Angst?" lachte Sascha. „Ich doch nicht." Ich hatte noch nicht fertig gesprochen, da gab es einen lauten Knall, ich zuckte richtig zusammen. Ich schlüpfte tief in Sascha seine Arme. Dann kam mir den kleinen in den Sinn. Ich sprang auf und lief in unsere Kammer. Der schlief aber Seelenruhig. Da musste ich lächeln und schüttelte nur den Kopf. Ich nahm seine Decke, die er weggestrampelt hat und deckte ihn wieder zu. Da ging die Türe auf und Sascha kam tropfnass herein.

„Der Bauer kam zu mir als du reingegangen warst, ihm war eine Kuh ausgerückt, ich half ihm schnell diese einzufangen. Jetzt regnet es aber gehörig." „Dann schnell unter die Dusche, sonst wirst du mir noch krank" „Das ist das nächste was wir planen, unsere Wohnung." „Ja das muss sein, ist nämlich ziemlich mühsam so, auch mit dem kleinen." Denn das Badezimmer, die Küche, Wohnzimmer müssen wir noch immer mit Heike und Werner teilen. Sascha ging Duschen, ich überlegte wie wir alles gestalten könnten und brachte dies mit einigen Strichen auf Papier. Ich lief durch den ganzen Stall.

Das gibt eine herrlich große Wohnung, auch ein paar Tiere könnten wir hier halten.

Als Sascha zurück war beobachtete er mich lächelnd, sagte aber kein Wort. „Was lachst du mich so aus?" „Ich lache dich nicht aus, sondern mir gefällt es wie du dich bemühst für uns alles schön zu machen. Auch habe ich das Gefühl dir gefällt es ganz gut hier oben." „Die Einsamkeit nur wir drei, die Großeltern, das gefällt mir sehr gut. Mein Problem ist nur das wir alles teilen müssen, deshalb habe ich mal eine Skizze gemacht, schau mal." „Komm wir setzen uns mal in die Küche, dann zeigst du mir mal deine Ideen." Wir setzten uns an den Tisch, draußen regnete es, das war richtig romantisch wie die tropfen aufs Dach schlugen, richtig beruhigend. Das Gewitter war schon vorbei. Ob es morgen schön wird ist fraglich, sonst genießen wir mal den Tag zu dritt.

Ich zeigte nun Sascha meinen Plan, er hatte uns in der Zwischenzeit noch ein Glas Wein geholt. „Schatz das sieht sehr gut aus, es wird ja schon bald Herbst, danach haben wir den ganzen Winter Zeit umzubauen. Ich freue mich richtig, keine Anzüge mehr und keine doofen Besprechungen mehr." Blinzelte er mir zu. Ich rutschte ein wenig näher zu ihm, legte meinen Kopf an seine Seite und meinte: „Ja das ist schön und wir arbeiten Hand in Hand den ganzen Tag zusammen. Das wird ein Spaß." Lachte ich. Er schaute mich an verzog das Gesicht. Bevor er aber zu Wort kam gab ich ihm einen Kuss.

Es war schon sehr spät, deshalb nahm ich Sascha an der Hand und trat vor die Türe, es regnete auch nicht mehr so stark. Die frische Luft tat richtig gut. „Ob morgen Wanderer kommen, bezweifle ich noch." „Dann machen wir drei uns einen gemütlichen Tag, das tut uns auch einmal gut." „Komm Schatz ich bin müde und es ist schon sehr spät, gehen wir ins Bett. Als wir in die Kammer traten schlief Florian tief und fest. Wir zogen uns leise aus und schlüpften unter die Decke. Ich kuschelte mich noch ein wenig in Saschas Arme, ging aber nicht lange und wir schliefen auch ein.

Diese Nacht träumte ich von Florian, ich wälzte mich hin und her, war sehr unruhig, schreckte plötzlich schweißgebadet hoch. „Schatz was ist los, hast du schlecht geträumt?" Ich schaute in Saschas Richtung, war aber noch nicht ganz wach, schaute ihn wahrscheinlich ein bisschen belämmert an. Wir hatten ja bisher keine Geheimnisse voreinander, deshalb sagte ich ihm auch die Wahrheit, egal was er jetzt sagte. „Ja ich habe von Florian geträumt, das ihm was schlimmes passiert sei und ich ihn nie mehr sehen würde. Keine Ahnung wie das so plötzlich kommt." „Komm her mein Schatz, das war nur ein Traum, wenn du möchtest rufen wir ihn gemeinsam Morgen an, aber jetzt solltest du noch ein wenig schlafen." Ich kuschelte mich ganz nahe an Sascha ran und schlief noch einmal für ein paar Stunden ein.

17

Wie der kleine gemerkt hätte das wir den Schlaf auch nötig hätten schlief er das erste Mal durch. Aber um sieben Uhr ging dann das Geschrei los, da saßen Sascha und ich Kerzengerade im Bett. Ich nahm in zu uns ins Bett und stillte ihn, da war es augenblicklich still. Sascha schaute uns zu und lächelte. „Schatz mir kommt da ein schöner Gedanke." „Na dann sag mal was du für komische Gedanken hast." Grinste ich. Er gab mir einen Kuss, der kleine strampelte zwischen uns und quietschte vergnügt. „Ich möchte mit dir noch mehr so kleine Strampler, am liebsten eine ganze Fußballmannschaft." Wie ich das sah meinte er das ziemlich ernst. „Du hast sie wohl nicht mehr alle beisammen." Lachte ich. „Doch das ist mein vollkommener ernst." Über meinen Traum wurde kein Wort mehr verloren.

Wir genossen diesen letzten Tag noch in vollen Zügen, den Morgen kamen ja Heike und Werner wieder aus dem Urlaub zurück. Heute war der Himmel sehr verhangen, deshalb machten wir die Tische draußen auch nicht parat, wenn plötzlich Gäste kommen sollten, ist dies noch schnell gemacht. Sascha nahm den kleinen auf den Arm und ich die Skizze, die ich für unsere Wohnung angefertigt hatte. Wir schauten uns alles an und sahen plötzlich das ganz versteckt eine Treppe zum Vorschein kam. Die hatte ich noch gar nicht bemerkt. „Sascha pass aber auf mit dem kleinen, vielleicht ist der Boden ja morsch." „Ja mein Schatz, wir zwei passen gut auf." Der kleine quietschte wie er alles verstanden hätte. Ich lächelte nur.

„Wir könnten doch hier oben unsere Schlafzimmer machen, unten Wohnzimmer, Küche, Badezimmer," meinte ich. „Oh ja hier oben ganz im versteckten könnten wir dann auch mit der Familienplanung weiterfahren," sagte Sascha mit blinzelten Augen. Ich lachte und schüttelte nur den Kopf. „Du denkst im Moment aber auch nur an das eine." „Ach Schatz hätte halt wieder mal Lust dazu." „Kann dich ja verstehen, weißt du was wir machen, wenn die Großeltern wieder da sind, geben wir ihnen einmal Flori und wir verdrücken uns. Na, was sagst du dazu?" „Das ist eine super Idee, dann machen wir zwei Mal ganz allein eine Wanderung auf den Berg."

So verging auch dieser Tag und schon brach der Samstag an. Das Wetter hatte sich wieder gebessert und die Sonne kam hervor. Deshalb machten wir auch die Tische und Bänke parat. Genau in diesem Moment hörten wir ein Auto durch den Wald fahren. Ich nahm Florian auf die Arme denn wir ahnten wer da kam. Tatsächlich waren es Heike und Werner die strahlend ausstiegen, als erstes nahm Heike Florian auf die Arme und schlang ihn in die Luft, der quietschte und Lachte. Endlich kamen auch wir dazu uns zu Begrüßen. „Ihr zwei seht ja richtig erholt aus." „Ja wir hatten einen super Urlaub, dank euch." „Ach das haben wir gerne getan, hier lief auch alles Problemlos, die zwei Herren mussten einfach auf mich hören, dann ging es." Blinzelte ich. Da kriegte ich schon einen Stoß in die Rippen. „Aua das tut weh." „Ja, wenn du solchen Blödsinn erzählst." Alle lachten da ich eine Grimasse zog.

Wir setzten uns, ich holte für alle etwas zu trinken, Florian blieb auf Heikes Knien sitzen, wir erzählten gegenseitig von unserer Zeit. Zwischendurch brachte ich noch ein spätes leckeres Frühstück auf den Tisch. „Martina du machst das ja fantastisch." „Hat auch viel Spaß gemacht, nun bin ich aber froh, seid ihr wieder da und ich kann mir vermehrt wieder Zeit für meine Familie nehmen." Aber in all das platzte Sascha mit seiner Rede. „Papa ich muss dir noch etwas sagen." Ich stupste Sascha in die Seite und schüttelte den Kopf. „Schatz lass mich, das muss jetzt gesagt werden." Werner nickte Sascha aufmunternd zu. „Dann erzähle mal mein Sohn." Sascha erzählte alles was sich Silvia hier oben geleistet hat. Aus Werners Gesicht war alle Farbe gewichen, er fand keine Worte mehr.

Ich hatte Angst Werner kippe um. „Martina das tut mir alles so leid, damit hatte ich nicht gerechnet." „Mach dir keine Sorgen mir geht es hier sehr gut unter all meinen lieben." „Ich bin aber schuld, ich habe von den Ferien aus meinen Anwalt kontaktiert. Sie musste alles Verkaufen um mich dann auszahlen, aber dass sie so weit geht und dich schlägt, damit habe ich nicht gerechnet." „Komme ich möchte nicht mehr darüber sprechen, sondern die Zeit mit euch hier oben genießen. Ich habe hier noch viel vor." Lachte ich, denn alle machten verständnislose Gesichter.

„Naja schaut mich nicht so an, wir wollen doch ausbauen und komischerweise spricht Sascha immer von einer ganzen Fußballmannschaft, also müssen ein paar Zimmer sein." Lachte ich und blinzelte. „Das ist doch so." sagte Sascha mit einem Schmollmund. „Ich glaube ich nehme Florian mit zu uns, komm Werner, ich glaube die zwei müssen mal was ausdiskutieren." „Da gibt es nichts zu diskutieren, wer ist wohl der Herr im Hause?" Ich trat schnell einen Schritt zur Seite und sagte: „Also hier gibt es nur eine Herrin oder seht ihr das anders?" Keiner sagte ein Wort alle lachten, da war ich doch tatsächlich zu wenig schnell. Sascha packte mich von hinten und schüttelte mich. Die anderen verzogen sich, denn keiner wollte in diesen Disput mit eingezogen werden.

Ich drehte mich zu Sascha um und legte die Arme um ihn, gab ihm einen dicken Kuss. „Ach Schatz ich mache doch nur Spaß, komm wir gehen ein paar Schritte durch den Wald." „Ich muss arbeiten mein Schatz." „Warte hier mal." Sascha ging ins Haus und kam wenig später wieder zu mir. „Schatz heute hast du frei, bist auch Kinderfrei. Oma und Opa übernehmen heute alles, also komm." Er nahm mich bei der Hand und zog mich mit sich. Wir schlenderten über die Wiesen und dem Wäldchen entgegen. Das war traumhaft schön. Das konnten wir schon lange nicht mehr machen.

Wir setzten uns bei einer Lichtung ins Gras und schauten über das Tal die gegenüberliegenden Berge an, die im Sonnenlicht glitzerten. Sascha legte den Arm um mich, schaute ganz verliebt drein. Mein Kopf legte ich an seine Schulter, er gab mir einen Kuss auf die Haare. „Schatz, wenn wir schon mal ein paar Minuten für uns haben möchte ich dich was fragen," meinte ich lächelnd. Sascha schüttelte den Kopf. „Nicht jetzt mein Schatz, wir genießen jetzt nur diesen himmlischen Augenblick zu zweit." Ich lächelte nur, suchte nach dem Mund von Sascha und wir küssten uns ganz zärtlich. Wir kuschelten uns ganz nah aneinander und genossen einfach die Zweisamkeit.

Plötzlich stand Sascha auf. Ich schaute ein wenig verdutzt drein. Er nahm etwas Kleines aus seiner Weste und kniete sich vor mich hin. „Schatz wir sind jetzt schon so lange zusammen und haben sehr viel zusammen erlebt. Möchtest du mich heiraten?" „Oh ja das möchte ich sehr gerne." Jubelte ich und fiel ihm um den Hals. Er verlor das Gleichgewicht und wir landeten im Gras. „Schatz nicht so stürmisch, ich hätte hier noch etwas." Wir lachten, setzten uns auf, er nahm meine Hand und steckte mir einen super schönen Ring an den Finger. Danach küssten wir uns. „Wollen wir Heike fragen ob Florian bei Ihr übernachten darf?" Ich blinzelte Sascha zu, der nur nickte. Deshalb machten wir uns Hand in Hand auf den Rückweg. Als wir bei der Hütte ankamen war es ganz still, von niemandem war etwas zu hören. Auch die Türe war verschlossen. Wir schauten uns nur an, gingen dann weiter zu uns. Dort hing eine Nachricht an der Türe. „Sascha was steht drauf?" Ich machte mir langsam Sorgen. „Sie seien in die Stadt gefahren, hätten Florian mitgenommen und kämen erst morgen früh wieder nach Hause. Sie wollten dann, wenn sie wieder hier seien mit dir etwas Besprechen." Sascha schaute mich an und jubelte das ist doch super. „Was ist daran so super, wenn ich fragen darf?" „Na es ist niemand da und wir können so laut sein wie wir wollen und es treiben wo wir wollen. Komisch ist nur das sie mit dir etwas Besprechen wollen, von mir spricht wieder mal keiner" schmollte Sascha. „Ach Schatz, nimm es nicht so tragisch." Lachte ich.

Ich verdrehte die Augen und schüttelte den Kopf. „Lass uns erst mal schauen ob sie für den kleinen auch alles mitgenommen haben." „Schatz mach dir nicht so viel Sorgen, ist doch schön, mal nur wir beide, ganz allein hier oben." Grinste Sascha, nahm mich auf den Arm und trug mich zum Bett, wo er mich sanft ablegte. Nun war er aber nicht mehr zu halten. Wir liebten uns mit allem was dazugehörte. Später lagen wir richtig ausgelaugt und verschwitzt nebeneinander. Er schaute mich lächelnd an und meinte: „Schatz das hat mir so richtig gefehlt." Ich lächelte nur verschmitzt.

„Sascha ich gehe schnell unter die Dusche, ich bin richtig verschwitzt und danach möchte ich etwas mit dir besprechen." „Okay mach das, ich bleibe noch einen Moment liegen." Als ich vom Duschen zurückkam lag Sascha immer noch im Bett und döste vor sich hin. Ich setzte mich neben ihn an die Bettkannte und begutachtete ihn lächelnd. Er öffnete die Augen und schlang die Arme um mich. „Oh riechst du gut." „Ich sage dir jetzt eines, wenn du jetzt nicht mit mir reden möchtest und immer wieder ablenkst, dann reden wir auch nie mehr über eine Familienplanung, hast du das verstanden?" „Ja mein Schatz, das war ja ganz deutlich, also was hast du auf dem Herzen?" „Ich habe mir gedacht, dass wir den ganzen Winter hier oben verbringen und alles umbauen, müssten vielleicht nur schauen, dass Heike den kleinen vermehrt nehmen würde. Wir sollten auch das meiste Material jetzt schon liefern lassen, dass im Winter alles hier oben ist. Wir haben bald November und man weiß nie wann der erste Schnee kommt."

„Na war das schon alles?" Lachte Sascha. „Du bist wieder sehr hilfreich, also wirklich." „Ach Schatz du machst dir zu viele Sorgen, aber genau die gleichen Gedanken hatte ich auch schon, denn ich würde in Zukunft auch die einsamen Winter mit dir hier oben verbringen. Ich gehe auch schnell Duschen." Und weg war er. Nun zog ich einen Jogginganzug an und ging nach drüben in die Küche denn mein Bauch hatte ein wenig Hunger. Ich stellte ein paar leckere Sachen auf ein Tablett und nahm es mit in unsere Kammer rüber. „Oh das sieht köstlich aus." Wir ließen uns unser spätes Abendmahl richtig schmecken.

18

Am nächsten Morgen als wir erwachten, räumten wir schnell die Küche auf, zogen alte Kleider an und machten uns auf den Stall zu entrümpeln. Da hörten wir ein Auto hochfahren. Wir traten aus dem Stall, Sascha hatte den Arm um mich gelegt, so sahen wir dem Auto entgegen. Als es parkte stieg hinten Heike mit Florian aus. Ich lief ihnen entgegen und nahm Florian in meinen Arm. „Ihr habt uns ja gestern einen schönen Schrecken eingejagt, als niemand mehr hier war." Florian strahlte und lächelte mich an, das war richtig schön, dass es dem kleinen so gut geht. „Ja entschuldige das war ein kurzer Entschluss und wir konnten euch nicht erreichen."

„Na ihr habt ja wenigstens eine Nachricht hinterlassen und anscheinend geht's Florian super. Aber was um Himmelswillen war den plötzlich los, dass ihr so schnell verschwunden seid?" „Das erklären wir euch gleich, aber lasst uns erst ein wenig verschnaufen, der kleine sollte ja auch Mittagsschlaf halten, gegessen hat er schon. Wir müssen sowieso noch mit dir Martina sprechen. Sagen wir in einer Stunde in der Küche?" „Ja das machen wir so." „Ich bin wohl gar nicht mehr gefragt," schmollte Sascha. Ich gab Sascha den kleinen, lachte nur, danach ging jeder seinen Weg. Wir legten den kleinen zum Schlafen hin, der wollte aber nicht recht und plapperte fröhlich vor sich hin. In der Zwischenzeit zogen wir frische Kleider an, wir wollten ja die Küche nicht verschmutzen mit den Arbeitskleidern. Der kleine wollte einfach nicht schlafen, deshalb nahmen wir ihn wieder hoch und spielten mit ihm noch ein wenig. Lange hielten wir es aber nicht aus, denn wir waren sehr neugierig. „Sascha was haben die beiden wohl vor?" „Das ist eine gute Frage, ich habe keine Ahnung, aber komm, wir gehen mal rüber, sonst erfahren wir es nie."

Als wir in die Küche traten, staunten wir nicht schlecht, der Tisch war gedeckt mit Kaffee und Kuchen. „Haben wir irgendetwas vergessen?" fragte Sascha. „Nein, aber wir können es uns auch einmal gemütlich machen, nach dem stressigen Sommer." Wir setzten uns alle an den Tisch, den kleinen setzte Sascha in den Hochstuhl. „Na was macht den der kleine Mann schon wieder hier?" fragte Werner. „Der wollte gar nicht schlafen, vielleicht schläft er dann heute Nacht sehr gut." Ich blinzelte nur und alle lachten.

Sascha war aber zu neugierig: „jetzt sagt endlich was los ist, Martina hat dann auch noch Neuigkeiten." „Langsam kommt ja, du magst auch nicht warten, wusste gar nicht mehr, dass du so ungeduldig sein kannst," sagte Werner ganz ernst. Alle lachten. „Also Heike und ich waren ja mit Florian gestern unten im Dorf, wir haben uns dort eine Wohnung angesehen und direkt gekauft. Wir möchten den Winter unten verbringen und nicht mehr hier oben. Denn jünger werden wir auch nicht. Das weitere erzählt dir Heike Martina." Als Werner geendet hatte war es muksmäuschen still. Wir schauten uns nur verdutzt an, denn an sowas hatten wir gar nicht gedacht. „So Martina, du weißt das hier alles mir gehört, ich habe gesehen das er dir viel Spaß macht hier zu Arbeiten und du es sehr gut machst, habe dies auch von vielen Leuten nur gutes gehört. Deshalb möchte ich das du hier alles weiterführst und die Führung übernimmst. Werner und ich sind uns einig. Ich hoffe Sascha, du bist mir nicht böse."

„Na ihr seid ja ganz von der schnellen Truppe. Ich bin dir sicher nicht böse, glaube das ist die beste Lösung, sollte nämlich mit dem Hotel oder so etwas sein, kann niemand hier dran, weil wir noch nicht verheiratet sind." Lachte er. Nun konnte auch ich nicht mehr stillsitzen und wedelte den zweien mit meinem Ring vor der Nase rum. Werner meinte: „Da ist man einmal weg und dann passiert sowas." „Ist was nicht in Ordnung, Papa?" „Oh doch mein junge, ich war nur erstaunt das du Martina endlich einen Antrag gemacht hast, das wurde auch mal Zeit." „Na hör mal, es sind halt nicht alle so schnell wie ihr beim Wohnungskauf." Alle lachten und sie gratulierten uns. „Ich hätte aber da noch eine Frage, wir würden gerne den ganzen Winter hier oben bleiben und alles umbauen für uns drei, wären aber sehr froh, wenn ihr ab und zu auf Fabian aufpassen würdet." „Oh Martina das machen wir doch sehr gerne." „Na dann hätten wir ja alles geklärt." Es wurde ein richtig gemütlicher Nachmittag, wir lachten viel. Ich drückte noch Heike ganz fest an mich und flüsterte ihr ein Dankeschön ins Ohr. Fabian plapperte auch immer etwas zwischendurch, aber müde wurde er nicht. Wir setzten ihn in den Kinderwagen und machten alle zusammen einen Spaziergang, solange es noch so schön war musste man es ausnutzen. „Schatz, hab heute weht hier ein anderer Wind, weißt du wer hier ab jetzt das sagen hat?" Lachte ich und blinzelte ihm zu. Sascha verdrehte die Augen. „Kann ich nicht auch bei euch unten im Dorf bleiben, wenn meine Frau hier das sagen hat, glaube da hat Florian und nichts mehr zu melden." Wir lachten alle. „Sascha du bist ein Spinner, das Betreiben wir doch zusammen." Ich gab ihm einen zärtlichen Kuss. „Na wieder alles gut mein Schatz?" Fragte ich ihn. „Das sehen wir dann, wenn es so weit ist," lachte er.

Es war ein schöner und lustiger Spaziergang. Als wir alle müde zurückkamen, zogen sich die Eltern zurück und auch wir gingen in unsere Kammer. Heute wurde nicht mehr viel gemacht, der kleine schlief sofort ein. Wir gingen auch direkt schlafen. Zwei Tage später rief Heike mich zu sich. Als ich in die Küche trat, sagte sie: „Martina komm setz dich mal zu mir." Ich setzte mich und war gespannt was jetzt kam. „Ich habe dir hier einen Vertrag, das alles seine Richtigkeit hat, wenn du den mir Unterschreiben könntest, lies aber zuerst alles durch." „Heike, du hast noch gar keinen Preis genannt, ich habe gespart und könnte dir alles abkaufen." „Ließ zuerst durch, dann sprechen wir weiter." Ich las alles durch, sie wollte mir alles schenken. „Heike, das geht so nicht, ich will es dir abkaufen." „Ich möchte aber nichts haben, ihr habt mich so herzlich in eurer Familie aufgenommen."

Ich war den Tränen nahe, ich nahm sie in den Arm und drückte sie ganz fest. „Du wirst in meinem Herzen immer einen festen Platz haben." Ich unterschrieb, ein Exemplar war ja für mich, Heike hatte schon beide Unterschrieben.

Ich stand auf, trat mit Heike Arm in Arm nach draußen, in meinen Augen schimmerte es immer noch. Sascha kam auf uns zu und nahm uns beide einfach in die Arme. Eine solche Familie habe ich mir immer gewünscht.

Ein paar Wochen später, das Wetter hatte schon umgeschlagen, stand der Umzug der Eltern bevor. Wir hatten ihnen geholfen einzupacken. Der Umzugswagen stand schon vollgepackt zur Abfahrt bereit. In dieser hektischen Zeit wurde auch unser Baumaterial geliefert. Weil wir keinen Platz hatten wurde es draußen mit Planen abgedeckt. So nun wurde es Zeit die zwei zu verabschieden. Wir machten einen Termin aus, wo wir die zwei mit Florian besuchen werden. Als sie weg waren, jubelte ich und wirbelte den kleinen durch die Luft. Sascha sah mich an und schüttelte den Kopf. „Was ist denn mit dir los?" „Ich freue mich das wir ab jetzt für uns sind, ist das verboten?" „Nein ich freue mich auch, nur kommt viel Arbeit auf uns zu."

Wir gingen hinein und genossen den Tag noch mit unserem kleinen, der fröhlich am Boden herumkroch. Wir dachten auch nicht mehr an die schlimme Zeit von vorher zurück, wir haben uns ziemlich zurückgezogen und leben nur noch für uns. Aber hier oben im Sommer mit den Wanderern war es ganz angenehm, man hatte zwar sehr viel zu tun, aber man weiß ja auch wofür. „Schatz," durchbrach plötzlich Sascha die Stille, „wo bist du mit deinen Gedanken? Man kann mit dir reden und kriegt keine Antwort." „Oh entschuldige war mit meinen Gedanken ein wenig in der Vergangenheit. Was wolltest du mich denn Fragen?" „Wir zwei würden gerne noch ein wenig draußen spazieren gehen, möchtest du mitkommen?" „Aber sicher, Florian scheint mir ja schon fertig zu sein." Lachte ich. „Na, wenn du solange brauchst, um in die Wirklichkeit zurückzukehren." Ich verdrehte die Augen.

Wir machten uns auf den weg, der kleine weigerte sich in den Kinderwagen zu gehen, also nahm Sascha ihn Huckepack. Als er so mit ihm hüpfte, lachte Florian ganz fröhlich. Er war ja jetzt auch schon ein paar Monate alt. Es ging ja auch gar nicht mehr solange feierte er schon seinen ersten Geburtstag. Deshalb wollte er ja jetzt auch überall sich hochziehen und selbst laufen. Manchmal hatten wir einfach Hände oder Augen zu wenig. Wir waren noch nicht weit gegangen, da hörten wir etwas durch den Wald rattern. Sascha schlug sich an den Kopf. „Das hatte ich ja vollkommen vergessen, die bringen ja heute Baumaterial." „Du bist sehr gut, zum Glück, sind wir noch hier. Dann geh schauen, ich nehme den kleinen." Der sofort zu heulen anfing. „Ach Flori komm kannst ein wenig laufen, Papa muss schnell ein wenig arbeiten."

Ich stellte ihn auf den Boden, aber er sah überall Blümchen, deshalb kamen wir überhaupt nicht vorwärts, naja aber auch egal, wir hatten Zeit. „Spatz, wollen wir ein paar Blümchen sammeln und ins Wasser stellen?" Genauso machten wir es. Als wir fertig waren nahm ich ihn auf die Arme und so liefen wir nach Hause. Dort angekommen war der Traktor schon wieder weg, ich sah nur einen Haufen Material. Von Sascha nichts zu sehen, da kam er gerade aus dem Stall. „Was hast den du alles bestellt? Kannst du mir mal Flori abnehmen dann könnte ich die Blumen in ein Glas stellen?" „Oh die sind aber schön, hast du der Mamma geholfen?" Wie auf Kommando nickte Florian ganz fest. Wir mussten nur lachen. „Schatz ich mache schnell was zum Mittagessen, danach könnte ich dir helfen." „Gute Idee, ich möchte es ein wenig Wetterfest verräumen."

Als ich fertig war, ging ich nach draußen, um Sascha zum Essen zu rufen. Er war fleißig am Räumen, so konnte ich ihn noch ein wenig beobachten. Seit wir hier oben sind hat er ein paar Kilo zugelegt und ist stämmiger geworden, die Haare sind auch gewachsen die er heute zusammengebunden hatte, auch einen drei Tage Bart ist gewachsen, seine Wangen sind von der frischen Luft immer leicht gerötet, was ihn noch attraktiver erscheinen ließ. Nun rufte ich ihm doch, sonst gab es noch kalte Küche. „Schatz, wir könnten Essen." „Ja komme gleich." Ich ging wieder in die Küche wo Florian in seinem Hochstuhl schon ungeduldig wartete. Ich schnitt ihm alles klein, er durfte schon alles haben was er möchte. Sascha kam, wusch sich schnell die Hände, setzte sich dann an den Tisch. „Das riecht aber herrlich." „Na dann nimm und lass es dir schmecken." „Danke mein Schatz, du dir auch."

„Wenn wir fertig sind werde ich den kleinen zum Mittagsschlaf hinlegen, damit ich dir helfen kann." Da hatte ich aber nicht mit Florian gerechnet, der schüttelte ganz energisch den Kopf. „Na, wenn du nicht schlafen willst, musst du im Kinderwagen sitzen und uns zuschauen, denn ich will Papa helfen, da kann ich nicht noch dich um die Füße haben." Er verzog das Gesicht, das wir Lachen mussten. Als wir fertig mit Essen waren, tranken wir noch einen Kaffee, denn wir hatten ja Zeit, uns drängte niemand. Nun stand ich auf, machte schnell die Küche. In der Zwischenzeit machte Sascha Florian sauber, zog ihm eine dünne Jacke an und nahm ihn schon mal mit nach draußen. Als ich zu ihnen trat, saß der kleine schon im Wagen, meckerte zwar ein wenig, aber was sein muss das muss sein.

„Schatz, komm schau mal wie ich es mir gedacht habe." Ich trat mit Sascha in den Stall. „So, hier legen wir das Material hin, da wäre es trocken, dann können wir auf der anderen Seite mit der Einteilung anfangen." „Das ist doch super so, das wäre dann Küche und Wohnzimmer, zuletzt machen wir oben die Zimmer plus Badezimmer und unten machen wir nur eine Toilette, oder?" „Ja genauso habe ich mir das auch gedacht. Schlafen können wir ja. Ach, noch was, am Montag kommt ein Installateur schauen wegen der Leitungen, denn das kann ich leider nicht."

Wir arbeiteten ganz gut zusammen und als wir die letzten Stücke reinbrachten, wurde es richtig finster. Ich sprang hinaus und brachte Fabian samt Wagen in Sicherheit. Wir hatten Glück, denn es fing doch tatsächlich an zu schneien. Ich hatte den kleinen auf dem Arm und schüttelte den Kopf. Sascha trat zu uns und legte den Arm um meine Schultern. „Was schüttelst du den Kopf? Musste ja einmal anfangen zu schneien." „Ja aber dem Wetter geht es doch nicht mehr gut, vorhin noch Sonne und jetzt Schnee." „Das stimmt, manchmal weiß das Wetter wirklich nicht was es will. Oh, hörst du das, das ist doch mein Telefon, wo habe ich das nur?" „Schau mal dort auf dem Stapel nach." Lachte ich.

In der Zeit wo Sascha telefonierte, ging ich mit dem kleinen in die Kammer, dass er noch ein wenig in der Wärme spielen konnte. „Was hast du den für einen Anruf erhalten?" fragte ich Sascha. Als er wiederkam. „Das war nur Papa, die haben uns für nächstes Wochenende zum Essen bei ihnen eingeladen und wir sollen für Florian Kleider mitnehmen." „Was das wohl wieder zu bedeuten hat, aber ich freue mich die Wohnung der zwei zu sehen." „Ja da bin ich auch mal gespannt." Wir spielten noch ein wenig mit dem Kleinen am Boden. Unser Tagewerk haben wir ja vollbracht.

Wir genossen den Abend mit unserem kleinen in vollen Zügen, er wurde auch gar nicht müde, kroch auf dem Papa herum, oder kuschelte mit mir. Da wir im Sommer weniger Zeit haben, genießen wir natürlich die Winterzeit umso mehr mit Ihm.

„Schatz, wenn wir schon ein wenig Zeit haben möchte ich mit dir noch gerne etwas besprechen?" „Wollen wir nicht erst was Essen, danach denn Kleinen zu Bett bringen?" „Das können wir so machen, dann würde ich sagen, ich gehe in die Küche und du ziehst Florian den Schlafanzug an, dann sehen wir uns in der Küche wieder." „Ja, das machen wir so." Ich ging in die Küche, um zu kochen, deckte den Tisch. Als ich gerade fertig war, kamen auch die zwei Männer. „Das ist ja super, dass ihr gerade kommt, ich bin auch fertig, dann lasst es euch schmecken."

Wir aßen gemütlich, aber man merkte doch das Florian müde wurde, deshalb ging Sascha mit ihm in die Kammer und ich räumte schnell die Küche auf. Danach lief ich zu den zwei in die Kamer um Florian noch einen Gute Nacht Kuss zu geben. „Sascha wollen wir uns ein bisschen in der Wohnstube aufs Sofa setzen?" Wir setzten uns nebeneinander aufs Sofa. „So Schatz, was möchtest du mit mir besprechen?" „Ich wollte mal deine Ehrliche Meinung hören, und bitte sage mir die Wahrheit, hattest du nicht das Gefühl du seist übergangen worden, weil Heike alles mir übergeben hat?" Ich sah das es hinter seiner Stirn arbeitete, ich dachte schon, oje jetzt höre ich aber was. Da fing er an zu lächeln. Da fiel mir doch ein Stein vom Herzen.

„Keine Panik mein Schatz, das hat alles seine Richtigkeit, wie ich schon gesagt habe, das ist gut so, so hast du was für dich." „Sascha du redest ganz komisch, hast du im Vorfeld davon gewusst?" Er lächelte noch geheimnisvoller als vorher.

„Na jetzt rede schon." „Ja ich habe es gewusst, denn Heike hat mich gefragt ob ich etwas dagegen hätte, wenn sie dir alles verschreiben oder eben schenken würde. Du seist wie eine Tochter für sie, die sie nie hatte." „Na großartig, du Geheimnisträger, ich wollte es ihr ja abkaufen, aber sie weigerte strikt." „jetzt weißt du auch woher ich meinen dicken Schädel habe." Er lachte, weil ich mein Gesicht verzog.

Nun gingen wir aber doch schlafen, es war ein sehr anstrengender Tag gewesen.

19

In der nächsten Woche hatten wir noch ein wenig Spaß mit dem Kleinen. Der erste Schnee blieb auch nicht lange liegen, es war zwar merklich kühler geworden. Das Wochenende nahte, deshalb backte ich noch eine Torte, die wir zu Werner und Heike mitnehmen wollten. Ich bin richtig gespannt wie die Wohnung aussieht. „Sascha ich freue mich richtig auf heute und du?" „Ich auch, bin richtig gespannt." „Könntest du zum Flori schauen, ich möchte noch Duschen bevor wir abdüsen." Lachte ich. Als ich geduscht hatte und mich angezogen hatte, ging Sascha Duschen. In der Zwischenzeit packte ich für Florian Kleider ein.

Als wir fertig waren, setzten wir den kleinen in den Kindersitz, schnallten ihn fest. Wir fuhren gemütlich nach unten und genossen es wieder einmal etwas anderes zu sehen. Als wir beim Haus der Eltern ankamen wurden wir schon sehnsüchtig erwartet. Wir begrüßten einander Herzlich mit einer Umarmung, den Kuchen gab ich direkt Heike. Sascha nahm Florian Huckepack, Werner die Tasche und ich hakte mich bei Heike ein. „Oh sieht eure Wohnung großartig aus, die habt ihr sehr gemütlich eingerichtet." „Ja Martina wir haben uns große Mühe gegeben und hier ist das Zimmer für Florian." „Heike jetzt weiß ich auch wieso wir Kleider mitnehmen sollten." „Na nicht nur deswegen Martina, wir wollten fragen ob er eine Woche bei uns bleiben darf, dann hättet ihr mal wieder ein wenig Zeit für euch." Ich schaute Heike an und umarmte sie einfach.

„Ach Martina, wir wissen doch wie das ist, viel Arbeit, den Kleinen und keine Zeit für die Beziehung." „Ja da hast du wirklich recht und jetzt kommt noch der Umbau dazu, da leidet unsere Beziehung schon ein wenig darunter. Ich hoffe nur dass wir keinen Krach kriegen." „Genau deshalb behalten wir Florian hier und du schaust für eure Beziehung." „Ich danke dir von ganzem Herzen, Heike, so eine Mama hätte ich mir immer gewünscht." Wir waren so in unser Gespräch vertieft das wir die Männer gar nicht hörten. „Oh da kommen mir ja schon wieder die verrücktesten Sachen in den Sinn." Lachte Sascha. Ich verdrehte nur grinsend die Augen.

Wir saßen lange bei Kuchen und Kaffee zusammen, plauderten und lachten viel. Plötzlich sagte Werner: „Wann wollt ihr jetzt endlich heiraten, habt ihr schon einen Termin?" „Papa darüber haben wir noch gar nicht gesprochen, wir hatten auch keine Zeit." Zu unserer Überraschung war Florian auf dem Sofa eingeschlafen. „Das gibt's ja wohl nicht, zu Hause kommt es ihm nie in den Sinn einen Mittagsschlaf zu machen," meinte Sascha. Werner meinte nur: „Naja Oma und Opa sind halt der ruhige pol." Wir lachten nur.

Inzwischen war der Kleine auch wieder wach und für uns wurde es Zeit sich zu verabschieden. Wir umarmten Florian, der gar nicht so recht wollte. Wir stiegen ins Auto, winkten noch ein letztes Mal und Bogen um die Ecke. „So mein Schatz, wieder mal ganz allein." „Ja das ist schon sehr lange her das wir einmal ohne Kind waren, das sollten wir jetzt auch genießen." „Dann fangen wir gleich damit an. Müssen wir noch Einkaufen?" „Ja das wäre keine schlechte Idee." Er hielt bei den Einkaufszentren an und wir machten einen großen Einkauf. Es war ja Samstag, da hatten alle Geschäfte offen und so spät war es auch noch nicht.

Als wir mit Einkaufen fertig waren, fuhren wir direkt nach Hause. Dort angekommen, luden wir das Auto aus und verstauten alles in der Küche. „Schatz das ist richtig still, wenn Florian nicht hier ist, der fehlt mir schon jetzt." Das war Sascha der diese Gedanken hatte, ich trat zu ihm, nahm ihn in den Arm, gab ihm einen Kuss und meinte: „Wir machen uns jetzt mal eine schöne Zeit zu zweit und wir haben sehr viel zu tun, da stört er nur." „Vermisst du ihn den gar nicht?" „Na was denkst du denn, ich vermisse ihn auch, aber bin froh dich mal nur für mich zu haben. Da kommen mir ganz viele Sachen in den Sinn." „Das wäre?" „Soll ich dir mal zeigen was?" Fragte ich Sascha blinzelnd. Aber heute stand er ein wenig neben sich, das sah ich an seinem Gesicht an. Deshalb nahm ich ihn an der Hand und zog ihn mit in unser Schlafzimmer.

Ich zog ihn ganz fest an mich und küsste ihn, jetzt ging ihm doch noch ein Licht auf, denn er küsste mich auch. Wir zogen uns dabei gegenseitig aus, streichelten uns, küssten uns dabei immer weiter. Sascha legte mich ganz sanft aufs Bett und drang ganz sanft in mich ein, wir stöhnten dabei ziemlich laut und kamen dann auch gleichzeitig. Sascha rollte sich auf die Seite, stützte sich auf den Ellbogen, streichelte meinen Busen, dass es kitzelte. Ich kicherte nur. „Martina, das war und tat richtig gut. Das müssen wir wieder öfter machen." „Na siehst du mein Schatz, das geht jetzt sehr gut und überall, wenn wir so allein sind." Lachte ich. „Schatz, genau, jetzt stehen wir auch gar nicht mehr auf und machen dort weiter wo wir aufgehört haben." Wiederspruch zwecklos. Er war gar nicht mehr zu halten. Wir feierten unsere Liebe bis in die frühen Morgenstunden.

Es wurde schon hell, als wir beschlossen aufzustehen, zwar war es noch früh am Morgen, aber an schlaf war ja sowieso nicht mehr zu denken. Ich stand auf, so nackt wie ich war, es war ja niemand hier. Sascha schaute mir zu und Pfiff durch die Zähne. Ich schaute zurück und lächelte mit einem Augenzwinkern ihm ganz verführerisch zu. Ich setzte mich noch mal beim Sascha auf die Bettkante und küsste ihn. Nun ging ich aber doch Duschen, als ich zurück kam war Sascha eingeschlafen, ich zog mir nur einen Bademantel an und ging in die Küche, um Frühstück zu machen. Ich stellte alles auf ein Tablet und trug es ins Schlafzimmer.

Da öffnete Sascha die Augen. „Oh heute Frühstück im Bett?" „Ja ich habe mir gedacht wir beginnen es heute ganz gemütlich ist ja Sonntag." „Da hast du absolut recht, aber schau mal raus die Sonne scheint oder ist das Schnee?" Ich lachte: „Wenn du genau schaust, warte ich mache die Vorhänge auf, so jetzt schau nochmal." „Oh da haben wir ja beides, komm das ist ein Tag, um im Bett zu bleiben." Ich setzte mich neben Sascha ins Bett, nahm das Tablett hoch, er hatte sich inzwischen auch aufgesetzt. Wir ließen es uns richtig schmecken.

Als wir fertig gefrühstückt hatten, stellten wir das Tablett wieder auf den Boden. Ich kuschelte mich noch ein wenig an Sascha ran, er nahm mich in den Arm und gab mir einen Kuss auf die Haare. „Schatz, ich glaube wir haben bis jetzt alles richtig gemacht, haben einen kleinen Wildfang, liebe Eltern und Großeltern, eine Berghütte, die wir bewirtschaften dürfen und unsere große Liebe, die immer noch wächst." „Oh Sascha du hast es auf den Punkt gebracht, dem habe ich nichts mehr hinzuzufügen." Nun küssten wir uns wieder heftig und liebten uns auch noch wie wild. Zum Glück waren wir allein, bei dem Lärm wo wir veranstalteten. Es ging schon auf Mittag zu als wir voneinander ließen.

„Du Schatz, ich hätte Lust auf einen kleinen Spaziergang. Kommst du mit?" „Na klar, also Duschen und ab in den Schnee." „Eigentlich habe ich heute schon mal geduscht, hat aber gar nichts gebracht." Lachte ich und ging auch schnell duschen. Als wir uns dick angezogen hatten, traten wir vor die Türe. Oh, das hatte ja ziemlich viel geschneit, das war gar nichts mit spazieren, sondern hieß zuerst schaufeln. Wir schaufelten erst mal nur einen Weg frei. Plötzlich flog ein Schneeball direkt in mein Gesicht. Ich schaute auf und sah Sascha lachen, weil ich das Gesicht verzog.

Na, das konnte ich mir ja gar nicht bieten lassen. Ich machte einen Schneeball, den ich in Richtung Sascha warf, aber treffsicher war ich gar nicht, der flog weit daneben. Wir veranstalteten eine richtige Schneeballschlacht mit viel Gelächter, an einen Spaziergang dachten wir gar nicht mehr.

Doch langsam kriegte ich kalt. „Schatz, ich habe langsam kalt, wollen wir rein gehen und einen Tee trinken?" „Gute Idee, ich erfriere auch langsam. Aber die frische Luft tat doch gut." „Das stimmt, jetzt so ein heißes Bad wäre herrlich." „Das kann ich dir leider nicht bieten."

Wir gingen in die herrlich warme Stube, zogen die dicken Jacken aus und setzten uns in die Küche. Ich machte Tee dazu fanden sich noch ein paar Kekse. „So lasse ich es mir gefallen, einsam, eingeschneit mit meiner liebsten." Lachte Sascha. Wir saßen noch lange so beisammen und beredeten wo wir morgen anfangen wollen mit dem Umbau. Zwischendurch rief ich noch Heike an und erkundigte mich nach Florian. Aber anscheinend ging es ihm sehr gut, er war gerade mit dem Opa am Spielen und hatte keine Zeit für mich.

20

In der folgenden Woche arbeiteten wir sehr viel, es gab doch mehr zu tun als wir glaubten, aber egal, wir freuten uns beide jeden Abend über den Fortschritt. Wir vergaßen aber darüber auch nicht unsere Zweisamkeit zu genießen. Am Abend waren wir zwar recht müde, schliefen aber trotzdem regelmäßig zusammen. Nach einer Woche harter Arbeit standen die Wände und man konnte sehen wie die Wohnung aussehen sollte. Am Freitag kamen noch der Elektriker und der Spengler, da wurden die Leitungen für Wasser und Strom gelegt. Da war ich überflüssig.

Deshalb verkroch ich mich in die Küche, backte einen Kuchen, denn für Sonntag hatten sich die Großeltern mit Florian angesagt. Zwischendurch brachte ich den Männern noch Kaffee und belegte Brötchen. Als ich mit allem fertig war, zog ich mich warm an und machte einen Spaziergang durch den Wald, es hatte ja Schnee und die frische Luft tat richtig gut. Auch mal so allein die Seele baumeln lassen. Ich merkte gar nicht wie spät es schon war. Als ich zurückkam, war Sascha in heller Aufregung.

Als er mich sah kam er so schnell er konnte auf mich zu und nahm mich in den Arm. „Schatz was ist los? Wieso bist du so aufgeregt?" „Mach das nie wieder, ich habe schon gedacht du seist weg, als ich dich nirgends fand." „Entschuldige, machte nur einen kleinen Spaziergang, um wieder ein wenig Energie zu tanken, da habe ich wohl die Zeit vergessen." „Das nächste Mal sagst du mir schnell bescheid." Ich gab ihm zur Versöhnung einen Kuss, ich hätte nie gedacht das er sich so sorgen machen könnte. „Nun zeige mir aber was ihr heute so alles gemacht habt." „Na dann komm mal mit, da wirst du staunen."

Wir schlenderten Arm in Arm in den Stall. Ich staunte, da ist ja einiges gegangen. „Oh da habt ihr ja sehr viel gemacht." „Ja die Leitungen sind alle verlegt, Strom geht auch, als nächstes kommen die Böden dran und dann wird gestrichen." „Mal eine Frage: kriegen wir keine Fenster? Oder gibt es nur Vorhänge, oh wird das kalt werden." Lachte ich und trat vorsichtshalber einen Schritt zur Seite. Das war auch gut so, denn er wollte mir einen Rippenstoß versetzen, traf aber ins Leere. Ich lachte nur augenzwinkernd. „Also du Frechdachs die Fenster kommen am Montag oder Dienstag, damit du mir nicht erfrierst." „Na das ist ja großartig, aber bedenke ab Sonntag ist unser Wirbelwind wieder zu Hause." „Ja ich weiß, ob wir ihn nicht noch eine Woche bei ihnen lassen wollen, da hätten wir ziemlich alles fertig und könnten neu einrichten, im Moment ist er wahrscheinlich nur im weg." „Ja da hast du recht, möchte ihnen aber für den Sonntag nicht absagen, so sehen wir Florian doch wieder einmal, der fehlt schon." „Nein absagen musst du nicht, aber rufe trotzdem an und frage ob dies möglich ist." „Mache ich sofort." Ich lief ins Haus und rief Heike an, die meinte es sei kein Problem. Wir verabredeten uns für Sonntagnachmittag zum Kaffee.

Als ich dies Sascha mitteilte strahlte er. „Was hast du, dass du so strahlst?" „Nichts stellte mir nur gerade vor, was beim Einrichten und fertig streichen so alles passieren kann, wenn wir so allein sind." Er blinzelte und lächelte wie ein kleiner Bub, der etwas verbotenes tat. „Na was planst den du schon wieder, manchmal kommst du mir wirklich wie ein kleines Kind vor, das nur Flausen im Kopf hat." „Ach Schatz lass mich doch, ich genieße halt unser Leben in vollen Zügen, auch wenn wir hier ziemlich zurückgezogen Leben." Ich gab ihm einen langen Kuss. Nun machten wir aber Feierabend.

Wir gingen beide Duschen, zogen nachher nur einen Jogging Anzug an und machten es uns in der Küche gemütlich, langsam kriegten wir auch Hunger, denn es war schon spät geworden. Deshalb machte ich schnell was Kleines zu Essen, dazu besprachen wir wie es jetzt weitergehen soll. In dieser Nacht kamen wir nicht viel zum Schlafen, denn wir liebten uns die ganze Nacht.

Als der Sonntag anbrach freuten wir uns auf den Besuch, speziell auf unsere kleine Maus. Nachdem wir aufgestanden waren und gefrühstückt hatten, zogen wir uns warm an und machten einen ausgedehnten Spaziergang. Es war so herrlich die Sonne schien in die verschneiten Bäumen und die frische Luft tat ihr übriges. Ich zog sie förmlich ein. Eine Zeitlang gingen wir schweigend nebeneinander her und jeder hing seinen Gedanken nach. Ich warf einen Blick Sascha zu, er bemerkte es, lächelte nur. Er legte den Arm um mich gab mir einen Kuss, lächelte verschmitzt.

Als wir zu Hause ankamen waren tatsächlich die Eltern mit Florian schon da, sie schauten sich neugierig um. Als sie uns erblickten kamen sie sofort auf uns zu. Florian streckte schon seine Ärmchen nach uns aus. Ich nahm ihn sofort auf die Arme, da strahlte er richtig, war das schön. „Wir dachten schon ihr habt uns ganz vergessen." „Nein, wir haben nur einen Spaziergang gemacht und die Zeit ein wenig vergessen. Habt ihr euch schon umgesehen?" „Ja wir haben es versucht, aber viel war nicht zu sehen." „Na dem kann abgeholfen werden, Sascha wird euch alles zeigen, ich sehe doch das ihr vor Neugier fast platzt. Ich gehe dann mit Florian in die Küche dort ist es wärmer, denn dort drüben müssen wir erfrieren, wir kriegen nämlich keine Fenster." Lachte ich und verschwand schnell aus Saschas Blickfeld.

In der Küche wo es herrlich warm war zog ich Fabian die Jacke aus, der ununterbrochen weiter plapperte. „Na mein kleiner dir geht es ja sehr gut, wollen wir zwei Mal Wasser aufsetzen? Danach können wir noch spielen bis die anderen kommen" Wie er mich verstanden hätte, nickte er. Das war so ein lieber Junge und so pflegeleicht, hoffe das zweite wird genauso. Ich saß mit dem kleinen auf einem flauschigen Teppich am Boden, war mit ihm am Spielen als die anderen eintrafen.

„Na habt ihr alles gesehen," fragte ich. „Ja das was wir gesehen haben, war einfach fantastisch und das so in kurzer Zeit." „Na dann kommt, trinken wir Kaffee und Kuchen." Ich setzte den kleinen in den Hochstuhl, so gab es einen richtig gemütlichen Nachmittag mit viel Gelächter. Werner wollte zwischendurch wissen: „so und wann wollt ihr jetzt heiraten?" Ich schaute ihn an. „Was hast du eigentlich immer mit heiraten, du bist ja richtig ungeduldig." Er nickte nur mit dem Kopf und Sascha meinte: „Sobald wir hier fertig sind können wir uns über einen Termin unterhalten und ihr seid die ersten die es erfahren." Damit war das Thema wieder einmal erledigt. Gegen Abend verabschiedeten sich die drei wieder für eine Woche. Wir ließen den Abend noch gemütlich ausklingen bei einem guten Glas Wein. Besprachen auch noch die nächste Woche.

Die nächste Woche war super anstrengend und auch nervig, weil nicht alles nach Saschas Plan lief. Da gab es auch manchmal zwischen uns Spannungen, so verzog ich mich mehrmals, damit ich aus seinem Blickfeld kam. Mir war momentan sowieso nicht so gut, deshalb war ich auch ein wenig dünnheutig und mochte gar nichts verleiden. Eines Tages war mir schon am Morgen richtig schlecht, dass ich mich sogar übergeben musste. „Sascha mir ist richtig schlecht ich gehe nochmal für eine Stunde ins Bett." Er murmelte etwas und verschwand auf die Baustelle. Ich schaute ihm traurig nach, aber momentan ging es um meine Gesundheit. Ich hatte am Morgen nur den Morgenmantel angezogen, diesen ließ ich einfach zu Boden sinken und so legte ich mich nackt ins Bett, schlief auch sofort ein.

Als ich erwachte saß Sascha neben mir und streichelte über meine Wange, als ich die Augen aufschlug gab er mir einen Kuss. „Schatz ich möchte mich bei dir Entschuldigen, dachte du wolltest mir nicht mehr helfen, aber dass es dir so schlecht geht, habe ich gar nicht gesehen. Aber was ist eigentlich mit dir?" „Ach mir geht es schon wieder viel besser, ziehe deine Arbeitskleider aus und dann kommst du zu mir ins Bett." „Das geht doch nicht, es ist ja früher Nachmittag." Schatz lass die Arbeit mal ruhen und wir nehmen uns heute eine Auszeit."

Er druckste immer noch herum. Da setzte ich mich auf und fing an sein Hemd aufzuknöpfen, auch den Hosenknopf erwischte ich. Ich streifte ihm das Hemd über die Arme, zog ihm an den Hosen, so dass er aufstehen musste. Er ließ Alles wortlos über sich ergehen, als er so nackt vor mir stand, ich streichelte ihn, befriedigte ihn mit der Zunge, kam er doch langsam in die Gänge. Der sah immer wie besser aus, die Luft hier oben tat das übrige dazu. Wir liebten uns wie zwei frischverliebte, das über sehr lange Zeit. Das hat uns beiden in letzter Zeit gefehlt. Als wir so ausgelaugt neben einander lagen, meinte Sascha: „Schatz, genau das habe ich gebraucht." „Das habe ich auch gemerkt, denn wir hatten einige Spannungen, aber jetzt kann ich dir ja sagen wieso es mir nicht so gut geht." „Dann sag mal was los ist?" „Na ich würde sagen, so in ein paar Monaten ist deine Frau Kugelrund." Lachte ich. „Was soll das heißen?" „Schatz stehst du heute auf der Leitung? Kinderzimmer haben wir ja genug gebaut." Ich lachte immer noch. Da ging ihm ein Licht auf, er nahm mich nur in den Arm und küsste mich, sagte aber kein Wort.

Wir gingen beide Duschen, zogen uns danach an und machten noch einen ausgiebigen Spaziergang, der uns beiden sehr guttat. Auf unserer Baustelle waren ja auch nur noch Kleinigkeiten zu machen, danach kam das Einrichten an die Reihe. Am Samstag wollten wir unseren Sonnenschein bei den Großeltern abholen, aber vorher planten wir noch einen Einkaufsbummel im Möbelgeschäft. Sascha nahm mich bei der Hand, schaute mich mit einem Lächeln an, das all meine Sorgen verschwinden ließen.

Als wir so unterwegs waren, zog sich der Himmel plötzlich zu, da fing es doch tatsächlich an zu schneien. Ich schaute Sascha an, lächelte ihm zu: „Schatz, wenn ich das Wetter so sehe, bin ich ja froh, dass du dich doch noch für Fenster entschieden hast." „Na da siehst du mal, wie ich an euch denke." Lachte er. Wir hatten es hier oben schon schön, dass uns aber noch einmal die Vergangenheit einholte, damit hatten wir nicht gerechnet.

21

Es war kurz vor Weihnachten, es schneite immer wieder, unsere Wohnung war eingerichtet, der Kleine war bei uns, er hatte richtig Freude an seinem Zimmer, schlief auch im eigenen Bettchen und stolperte auf seinen Beinchen herum. Das war eine Freude ihm so zuzusehen. Ich war mit ihm ganz allein, da Sascha einen Anruf vom Hotel gekriegt hatte, denn wir hatten es damals ja nur verpachtet, anscheinend lief es mit dem

Pächter nicht so wie es sollte. Deshalb wollte er mal nach dem Rechten sehen.

Irgendwie hatte ich ein mulmiges Gefühl, ließ mir aber nichts anmerken, als spät einen Anruf kam, er werde über Nacht im Hotel bleiben, verstärkte sich mein komisches Gefühl noch. Ich schaute nach dem kleinen, der schlief aber selig in seinem Bettchen. Ich ging ins Wohnzimmer setzte mich aufs Sofa und versuchte nochmal Sascha zu erreichen, es klingelte bis das Besetzzeichen kam, aber niemand nahm ab. Deshalb ging ich nun auch schlafen, es wurde zwar eine sehr unruhige Nacht. Ich war froh als es Morgen wurde und der kleine kam. Als wir gefrühstückt hatten, zogen wir die Skikleider an und gingen Schlitten fahren. Das war ein Heidenspass. Florian jauchzte, so konnte ich meine Sorgen für ein paar Stunden vergessen. Als wir zurück waren, war Fabian so müde, dass ich ihn hinlegte, er schlief auch sofort ein. In der Zwischenzeit fing ich das Haus festlich an zu schmücken, ich hatte auch noch versucht Sascha zu erreichen, aber er ging immer noch nicht dran. Langsam machte ich mir Sorgen.

Plötzlich hörte ich ein Auto kommen, aber am Ton an war es nicht unseres. Als ich vor die Türe trat half Werner Sascha auszusteigen. Ich rannte zu ihnen, als ich Sascha sah kriegte ich einen Schock, er hatte geschwollene Augen, einen Arm in der Schlinge und konnte fast nicht laufen. „Um Himmelswillen was ist den passiert?" fragte ich nur. Werner antwortete mir: „Nicht jetzt Martina, das erzählt dir Sascha später selbst, besser wir bringen ihn aufs Sofa. Soll ich den kleinen mitnehmen?" Aber Sascha schüttelte heftig den Kopf und schaute mich so gut es ging flehend an.

„Danke Werner, aber wir behalten den kleinen da, glaube der hilft Sascha bei der Genesung." „Okay, wenn ihr was braucht rufst du uns an., das Auto bringen wir euch ein anders mal." „Ja so machen wir es." Er fuhr wieder weg, ich kümmerte mich um Sascha, bis Florian seinen Schlaf gemacht hatte. Auch Sascha schlief ein, was ihm auch sehr guttat. Ich fragte mich nur wie er so in eine Schlägerei geraten konnte, er war sonst nicht der Typ dazu. In der nächsten Woche erholte er sich wieder einigermaßen, er spielte viel mit Flori, aber ich merkte immer wieder das etwas nicht mehr so war wie vorher.

Als Florian eines Abends schon schlief, sprach ich das Problem an. „Schatz ich habe dich nie gefragt was eigentlich genau passiert ist, aber ich merke das du irgendein Problem hast, möchtest du nicht einmal mit mir darüber sprechen?" „Doch Schatz ich weiß nur nicht genau wie ich es dir sagen soll, es war richtig lieb von dir das du nie nachgefragt hast und mich so gepflegt hast. Du weißt auch das ich normalerweise nicht mit den Fäusten um mich schlage." „Ja das weiß ich, deshalb verstehe ich das Ganze auch nicht so, du hast ja eigentlich auch keine Feinde." Ich hörte ihm still zu und nickte nur ab und an. „Im Hotel lief alles drunter und drüber, der Pächter vergraulte alle Gäste, war auch zu den Angestellten alles andere als nett, zahlte auch die letzten zwei Monate die Löhne nicht aus, Deshalb riefen sie mich ja an." Anscheinend war auch ohne Saschas wissen Silvia involviert. Als er am Abend das Hotel verließ, lauerten ihm komische Typen auf, die ihn Krankenhaus reif schlugen. „Ich habe mir in den letzten Wochen überlegt, das Hotel und das Haus zu verkaufen. Damit hatte ich ja nur Scherereien. Was meinst du dazu? Ich würde dann auch gerne mit dir und den Kindern hier oben bleiben. Wir würden dann im Sommer sehr viel arbeiten müssen, dass wir den Winter überstehen, denn ich möchte das meiste Geld vom Verkauf zurücklegen."

„Kein Problem, können wir so machen, eine Frage, war Roberto auch dabei." „Nein, es weiß niemand wo er ist, er kam auch mit dem Pächter nicht klar, da verschwand er eines Tages bei Nacht und Nebel." „Das ist aber schade, da bin ich mal gespannt, was in nächster Zeit noch so alles passiert. Eigentlich muss ich da nicht lange überlegen, das Hotel und das Haus gehören ja dir, damit kannst du machen was du willst. Deine Oma hätte sicher Verständnis dafür. Aber wie ich das sehe, wäre es wohl wirklich besser allen alten Ballast abzuwerfen. Das Silvia immer noch versucht mitzumischen ist einfach unfassbar." „Genau das denke ich auch, zum Glück habe ich dich an meiner Seite." „Ja eigentlich hat ja alles mit mir angefangen, wäre ich damals nicht in dein Leben getreten, wäre vielleicht vieles anders gelaufen." „Schatz sowas möchte ich nie mehr hören." „Ist ja gut mein Schatz, dann verkauf die Sachen und wir freuen uns jetzt auf Weihnachten, ich möchte die Eltern Einladen, denn mit denen sollten wir auch noch reden." Ich zeigte ihm auf meinen Bauch und lächelte.

„Schatz du bringst mich gerade auf eine Idee, wenn wir alles verkauft haben, hätten wir ja eigentlich ausgesorgt, aber da du das jetzt von Heike übernommen hast, gibt es auch hier viel Arbeit, im Winter könnte ich dann wieder als Schaffner noch etwas dazu verdienen. Was meinst du dazu?" „Keine gute Idee, warte bevor du was sagst, ich möchte nicht mehr das du unten arbeitest, sonst muss ich immer um dich bangen. Das sowas noch einmal passiert. Das andere ist super, und im Sommer arbeiten wir hier oben, gibt ja immer viel zu tun." Es war inzwischen schon recht spät geworden, deshalb gingen wir zu Bett, ich gab Sascha noch einen Gutenachtkuss, wir schliefen beide sofort ein.

22

Ein paar Tage später war Weihnachten, wir hatten alles sehr
schön geschmückt, am Abend leuchtete es draußen in allen
Farben und der Schnee tat noch sein Übriges dazu. Im Vorfeld
hatte ich noch Kekse gebacken, es duftete im ganzen Haus. Am
ersten Feiertag luden wir die Eltern ein. Sascha war noch mit
Fabian unterwegs, ich war alles am Vorbereiten, als plötzlich
mein Telefon klingelte. Als ich darauf schaute, kannte ich diese
Nummer nicht, nahm aber trotzdem ab. Als ich mich gemeldet
hatte, sagte eine mir bekannte Stimme am anderen Ende:
„Hallo Martina, ich bin es deine Schwester Sofja. Ich wollte
mal schauen wo du dich so herumtreibst." Im ersten Moment
brachte ich keinen Ton raus, wo hatte sie die Nummer her, dann
besaß sie noch die Frechheit nach allem was sie mir angetan
hatte, mich anzurufen.

„Was willst du? Du hast dich die letzten Jahre auch nicht um
einen Kontakt gescherrt." „Ach Martina es ist doch
Weihnachten, können wir uns nicht einmal treffen und
zusammen sprechen?" Ich hatte einen richtigen Kloss im Hals.
„Nein können wir nicht, ich will dich nie mehr sehen, ich habe
ein ganz neues Leben und will mit früher nichts mehr zu tun
haben. Also lass es bleiben." Ich legte rasch auf und warf mein
Telefon in eine Ecke. In diesem Moment kamen meine zwei
Männer herein.

Sascha sah meinen bösen Blick, denn das Telefon hatte fast ihn getroffen. Er kam auf mich zu, nahm mich wortlos in den Arm. Ich fing an zu Heulen, aber in seinen Armen beruhigte ich mich langsam wieder. „Schatz was ist den passiert das du so aufgebracht bist, hat dich jemand angerufen?" Unter schluchzen, fing ich an ihm alles zu erzählen, der kleine war auch ganz ruhig.

„Das war meine Schwester Sofja, die mit mir Kontakt aufnehmen möchte. Frage mich nur von wo die meine Nummer hat." „Das ist doch schön, dass sich jemand aus deiner Familie meldet. Nur verstehe ich nicht ganz wieso du so aufgelöst bist." „Warte ab, bis du alles weißt. Die hat mir in der Vergangenheit jeden Mann ausgespannt, deshalb hielt bei mir auch keine Beziehung lange, aber das kümmerte sie nie, sie schaute immer nur für ihren Vorteil. Die wird sich auch nie ändern." „Das weißt du doch nicht, wenn du es nicht probierst." „Nein mein lieber, dieses Risiko gehe ich nicht ein." „Schatz ich werde immer bei dir bleiben, egal was passiert. Ich liebe dich immer noch von ganzem Herzen und bald sind wir zu viert. Uns bringt so schnell niemand mehr auseinander."

„Also dann machen wir es so. Ich möchte ganz ruhige Festtage mit meinen lieben verbringen, danach sehen wir weiter." Ich gab Sascha einen Kuss, trocknete meine Augen und nahm den kleinen hoch, der mich so liebevoll anlächelte. Da klopfte es schon an der Türe, ich stellte Florian auf die Beine der sofort Richtung Türe lief. Ich hörte noch wie der kleine jauchzte als er Oma und Opa sah, denn ich war in das Badezimmer verschwunden um mein verheultes Gesicht mit Wasser zu Übergießen.

„Sascha wo ist den Martina?" „Ich glaube sie ist ins Badezimmer, um ihr Gesicht abzukühlen." „Was ist den passiert?" „Das erzählt sie euch dann selbst." Es klopfte leise an die Badezimmertüre, ich antwortete nur mit einem Ja. Da öffnete sich die Türe einen Spalt und Heike steckte den Kopf herein. „Geht es dir nicht gut Martina?" „Doch es geht mir gut." „So siehst du aber gar nicht aus. Was ist den passiert?" „Ach Heike, meine Schwester hat mich angerufen, nach all den Jahren, wollte mit uns Weihnachten feiern. Aber bei der gibt es nur immer eines. Mir die Männer auszuspannen. Ich kenne die doch, hat sie bis jetzt immer gemacht und ändern wird sie sich auch nie mehr. Deshalb habe ich sofort abgeblockt." „Richtig so, aber wegen Sascha brauchst du keine Angst zu haben der ist dir treu ergeben. Komm wir feiern heute zusammen." „Danke das hat mir jetzt gutgetan, mit dir zu sprechen."

Heike hakte sich bei mir ein. So liefen wir ins Esszimmer. Die Männer schauten uns nur an, aber wir winkten beide zur gleichen Zeit ab. Wir mussten alle lachen und der kleine klatschte in die Hände. Sascha meinte:" da sind sich ja zwei einig." Heike und ich nickten nur und lächelten verschwörerisch. Wir hatten einen super schönen und gemütlichen Heiligenabend, mit gutem Essen und einem super Wein dazu. Später wurden noch die Geschenke verteilt. Als es gegen zehn Uhr ging machten wir uns noch auf den Weg ins Dorf. Wir wollten in die Mitternachtsmesse und dies zu Fuß. Wir nahmen auch Fabian mit, der auf seinem Schlitten warm eingepackt sitzen durfte. Opa ließ es sich nicht nehmen ihn zu ziehen. Der kleine jubelte und redete wie ein Wasserfall, weil der Opa mit ihm nur Blödsinn machte.

So wurde es ein richtig lustiger Spaziergang durch den Wald ins Dorf bis zur Kirche. Wir waren früh dran, deshalb fanden wir auch gute Sitzplätze. Langsam füllte sich die Kirche. Als die Messe anfing war es ganz still, nicht mal Florian quietschte etwas. Als die Messe vorbei war gab es draußen noch heißen Tee, den wir dankend annahmen. Man kam noch mit dem einen oder anderen ins Gespräch. Plötzlich legte Sascha seinen Arm um mich, gab mir einen Kuss auf die Wange. Zum kleinen schaute schon wieder der Opa, der ihn gar nicht mehr hergeben wollte. Ich blickte meinen Mann liebevoll an, da gab er mir noch einen Kuss auf den Mund.

„Schatz hier an dem friedlichen Bild stimmt irgendetwas nicht." „Wie meinst du das?" „Schau mal rechts von dir ganz weit hinten, steht eine junge Frau, die so gar nicht hier her passt und uns beobachtet." Ich drehte mich um, wäre vor Schreck fast umgefallen. Sascha hielt mich gerade noch fest. „Schatz, wenn ich mich recht erinnere ist das meine Schwester. Warte mal." Bevor Sascha mich zurückhalten konnte, lief ich Richtung Sofja, so schnell es mein Zustand zuliess. Die wollte gerade abrauschen, aber ich war schneller und hielt sie am Arm fest. „Aua du tust mir weh." Klagte sie. „Ich werde dir noch mehr weh tun, wenn du mir nicht Augenblicklich sagst was du hier willst."

Anstatt auf meine Frage zu antworten meinte sie nur: „Ich glaube nicht das dieser Mann lange bei dir bleibt, so wie er aussieht und wenn ich dich so ansehe bist du immer noch das kleine Mauerblümchen von früher, bei dem es kein Mann lange aushält." Mir blieb die Spucke weg ab so viel Frechheit. Anscheinend war Sascha mir gefolgt und hatte alles mitangehört.

„Ich kenne dich zwar nicht, aber eine so großartige Frau wie Martina ist, gibt es nicht ein zweites Mal. Bei uns drängt sich niemand dazwischen." Er nahm mich in den Arm, gab mir einen Kuss. Auch die Großeltern waren mit Florian zu uns gestoßen. Da sagte Sofja: „Das werden wir noch sehen." Drehte sich um und verschwand in der Dunkelheit.

Nach diesem Disput wanderten wir alle gemütlich wieder zu uns auf die Alm, die Großeltern blieben über Nacht. Florian war schon im Schlitten eingeschlafen, den konnte ich nur noch ausziehen, ins Bett legen, er schlief sofort weiter. Auch wir gingen direkt ins Bett. Komischerweise konnte ich auch sofort einschlafen, erwachte erst wieder als es draußen schon hell war. Oh, es war ja Weihnachten und ganz verdächtig still im ganzen Haus. Ich drehte den Kopf in Saschas Richtung, da war aber niemand mehr. Ich hob ein wenig die Bettdecke, in der Hoffnung, er sei nur runtergerutscht, aber auch da war niemand. Ich musste ab mir selbst lächeln und schüttelte den Kopf.

Da ging die Türe auf und meine beiden Männer kamen herein, beide hatten von der frischen Luft draußen rote Wangen. „Hallo ihr beiden, wo habt ihr euch den rumgetrieben?" „Wir waren drüben bei den Eltern, haben zusammen gefrühstückt und haben alle im Schnee getobt." „Waaas, wie spät ist es denn?" „Ach Schatz, keine Sorgen erst Mittag, wir essen nachher alle hier und feiern ganz schöne Weihnachten." Ich verzog das Gesicht und schlüpfte ganz weit unter die Decke. Florian zog so fest daran bis er sie wegziehen konnte. „Hey du Schlingel, was machst du da?" Ich zog die Decke wieder über mich und die beiden wieder in die andere Richtung. Wir lachten und hatten jede Menge Spaß.

Von unserem Gelächter wurde Werner angelockt. Er streckte den Kopf durch die offene Türe. „Was ist denn hier los?" „Die zwei haben nur Blödsinn im Kopf, ich glaube ich bleibe heute den ganzen Tag im Bett." Lachte ich. „Nichts da," ertönte Heikes strenge stimme, „kommt alle raus damit sich Martina endlich anziehen kann, sonst gibt es dann doch kalte Küche." Die Männer traten den Rückzug unter Lachen an. Heike blieb noch einen Moment unschlüssig stehen. Ich sah sie an und fragte: „Na Heike hast du noch was auf dem Herzen? Dann raus mit der Sprache." „Ich wollte eigentlich nur fragen wer das gestern Abend war, anscheinend kennt ihr euch ja gut." „Das war nur meine jüngere Schwester Sofja, ich habe mit ihr keinen Kontakt, weil sie immer nur die Männer will wo andere schon haben. Von der habe ich dir gestern Abend schon erzählt, was sie jetzt genau hier will weiß ich noch nicht genau. Aus der werde ich nicht schlau."

„Ich wollte nicht indiskret sein." „Kein Problem, nur würde ich gerne jetzt schnell Duschen gehen und mich anziehen." Heike zog sich zurück, deshalb stand ich auf, zog mich aus, da ging aber die Türe schon wieder auf. Ich stand ja nackt mitten im Zimmer. Es war aber nur Sascha der den Kopf rein streckte. „Oh da komme ich ja gerade richtig." „Also, wenn du jetzt auch noch reinkommst, dann komme ich heute nirgends mehr hin." Lachte ich. Er kam auf mich zu, nahm mich in die Arme, küsste mich, da dachte ich gar nicht mehr ans fertig machen. Zwischen zwei Küssen hauchte ich: „wir müssen machen, sonst ist die Küche dann wirklich kalt." „Keine Panik, wir haben ca. eine halbe Stunde Zeit, für uns."

Das ließ ich mir nicht zweimal sagen, ich zupfte an Saschas Kleidern herum bis sie ihm alle vom Leib fielen. Wir liebten uns, genossen die kurze Zeit, die wir für uns hatten. Danach ging es unter die Dusche, wir zogen uns frisch an und gingen beide mit einem verträumten Lächeln in die Küche wo die anderen schon warteten. Die schauten uns nur an, sagten aber nichts. Unsere Blicke sprachen wahrscheinlich Bände. Naja, wir liebten uns noch immer wie am ersten Tag, da konnte auch keine Schwester dazwischenfunken.

Ich war auch nicht das Mauerblümchen das Sofja ansprach, ich zog mich immer sehr gut an, alles das was meine schlanke Figur betonte, im Moment zwar ein wenig schwieriger da mein Bauch immer wie mehr wuchs. Es ging ja auch nicht mehr lange bis das zweite Baby kam. Genau das sprach jetzt auch Heike beim Essen an. „Eines kann ich euch zwei sagen, so einen stress bei der Geburt wie bei Florian möchte ich dieses Mal nicht mehr erleben. Habt ihr das verstanden.?" Sascha und ich schauten uns nur an und grinsten. „Nein, ich habe euren Blick gesehen, nicht mit mir." „Ach Mamma wir machen doch nur Spaß, aber eine Überlegung ist es wert. Wir könnten uns doch wieder in den Wald verziehen." Lachte Sascha, als er Heikes Gesicht sah. Es war auch das erste Mal, dass er sie Mamma genannt hatte. Es gab ein richtiges Gelächter. Es wurde ein richtig schöner Weihnachtstag.

Florian hatte so Freude an seinen neuen Sachen, dass er nach dem Essen in sein Zimmer verschwand und man ihn spielen hörte, deshalb gab es einen richtig ruhigen Nachmittag unter Erwachsenen. Er kam erst wieder hervor als wir zum Nachtisch ruften. Später machten wir noch eine Schlittenfahrt mit Florian. Es hatte ja so viel Schnee, deshalb konnte man auch gut in der weißen Pracht herumtoben. Die Eltern entschlossen noch eine Nacht bei uns zu bleiben.

23

Von meiner Schwester sahen und hörten wir in der nächsten
Zeit nichts, was ich auch gar nichts so schlimm fand. Nur
Sascha verhielt sich in nächster Zeit sehr komisch, er war auch
mehr allein unterwegs als früher. Ich machte mir noch nicht
allzu große Sorgen, bis ich eines Tages einen anonymen Anruf
kriegte. Die Anruferin sagte mir nur das ich besser auf meinen
Mann achtgeben sollte, da er sich mit anderen vergnüge. Bevor
ich aber zu Wort kam legte sie schon wieder auf. Ich war im
ersten Moment unfähig einen klaren Gedanken zu fassen.
Florian machte heute wieder mal seinen Mittagsschlaf, Sascha
war wie gewohnt unterwegs.

Mir zitterten die Hände, auch die Knie wurden ganz weich,
deshalb setzte ich mich auf den nächsten Stuhl. Da ich ja hoch
schwanger war, war es besser das ich mich setzte. Ich schaute
an mir runter, na so erotisch sah ich schon nicht mehr aus, ob
Sascha deshalb sich anderweitig anfing zu vergnügen. Aber da
war auch er schuld das ich so kugelrund bin, momentan war ich
auch zartbesaitet und konnte manchmal keinen klaren
Gedanken fassen, wie auch jetzt.

Ich war so in Gedanken versunken das ich nicht einmal hörte
wie die Türe geöffnet wurde. Als Sascha mir einen Kuss geben
wollte, drehte ich das erste Mal den Kopf weg und schaute ihn
ganz böse an. „Geh weg und lasse mich bloß in Ruhe." Schrie
ich ihn an. Er wich einen Schritt zurück, schaute mich

erschrocken an. „Was ist denn mit dir los?" fragte er. „Überlege mal ganz scharf." Er sagte kein Wort, sondern verschwand wieder durch die Türe, die er auch gekommen war. Komischerweise erwiderte er gar nichts, dann war also etwas dran an den Gerüchten.

Ich ließ meinen Tränen freien Lauf. Ab meinem Geschrei wurde auch Florian wach. Ich nahm in auf den Arm und kuschelte mit ihm, setzte ihn aber dann auf den Boden, setzte mich zu ihm und spielte ganz lange mit ihm.

Das Telefon klingelte schon wieder. Ich überlegte ob ich abnehmen sollte. Ich entschloss mich mal zu hören wer das war. Als ich abnahm war es Heike. Oh mein Gott, musste er dort schon wieder klagen gehen, dachte ich bei mir. „Hallo Martina, bist du beschäftigt oder hast du Zeit zu reden?" „Ich spiele gerade mit dem Kleinen und ich wüsste nicht was wir zu bereden hätten. Ist etwa Sascha bei euch? Dann könnt ihr ihn behalten." „Martina was ist eigentlich passiert?" „Ich habe nur einen Anruf gekriegt, mehr dazu fragst du besser deinen Sohn." Ich beendete das Gespräch und legte auf.

Ich hatte keinen Hunger, aber Florian musste was Essen, deshalb machte ich ihm auch etwas, denn er konnte ja nichts dafür. Als er später im Bett lag, setzte ich mich ins Wohnzimmer, kauerte mich in einen Sessel, machte kein Licht an, nun liefen meine Tränen schon wieder. Ich weiß nicht wie lange ich so da saß, plötzlich ging die Türe auf und eine Gestalt kam rein, an der Gestalt an erkannte ich Sascha. Er ging ganz leise auch im dunkeln Richtung Schlafzimmer. Ich bewegte mich gar nicht. Er machte auch kein Licht, deshalb sah er mich auch nicht. Nun kam er doch ins Wohnzimmer, ich hatte die Knie angezogen und mein Kopf darin versteckt.

„Wieso sitzt den du hier im Dunkeln?" Ich gab keine Antwort. „Kannst du mir jetzt endlich sagen, was los ist? Das ich auch dazu was sagen kann?" „Ich will nur eines wissen, wo treibst du dich, oder besser mit wem treibst du dich herum, wenn du wegfährst?" „Mit niemandem, ich habe das Hotel verkauft, das Haus verkauft und war im Reisebüro, um mit dir ganz allein eine Reise zu machen. Sollte eine Überraschung werden." „Das alles glaube ich nicht. Mit wem hast du was angefangen?" „Mit niemandem, wie kommst du darauf?" „Ich kriegte einen anonymen Anruf, in dieser Sache."

„Na ich habe nur einmal deine Schwester getroffen, als ich in der Stadt war, aber ganz zufällig und bin mit ihr einen Kaffee trinken gegangen, weil sie mit mir sprechen wollte. Aber sie hatte ganz anderes im Sinn." „Das hätte ich doch wissen sollen, dass die dahintersteckt, aber die Stimme am Telefon war mir unbekannt." Ich schwieg, weil mir schon wieder die Tränen über die Wangen kullerten. „Schatz hör doch auf zu Weinen, ich habe doch euch und ich will sicher keine andere Frau, ich habe dir davon nur nichts gesagt, weil du dich sonst wieder aufgeregt hättest. Komm wir gehen ins Bett es ist schon sehr spät." In dieser Nacht fand ich den Schlaf einfach nicht, dachte nur über diese Sache nach, neben mir vernahm ich die gleichmäßigen Atemzüge von Sascha.

Ich glaubte Sascha und versöhnte mich wieder mit ihm. Denn ich liebte diesen Kaoten doch. Am nächsten Morgen, als wir beim Frühstück saßen, tauchte plötzlich Heike auf, schaute von einem zum anderen, nickte nur und fragte Florian. „Na mein kleiner möchtest du mit der Oma einen Ausflug machen, damit sich deine Eltern wieder versöhnen können." Der kleine schaute die Oma an, lächelte und streckte seine Ärmchen ihr entgegen. Ich wollte aufstehen, um die Sachen parat zu machen. „Bleibt mal schön sitzen, das kriegen wir zwei auch selbst hin." Als sie fertig waren, kamen sie noch tschüss sagen. „So wir sind dann mal weg und ihr zwei bringt eure Beziehung wieder in Ordnung, verstanden." „Ja Mamma." Tönte es im Chor von uns beiden.

„Martina können wir in Ruhe miteinander reden?" „Ja müssen wir wohl, aber erst möchte ich wissen ob du mich nicht mehr attraktiv findest?" Er stand auf und kam um den Tisch herum, legte den Arm um mich und zog mich zu sich hoch. „Ich find dich noch attraktiver als sonst und du strahlst richtig, ich liebe dich von ganzem Herzen, komm mit ins Wohnzimmer." Er gab mir einen Kuss und ich ließ mich mitziehen, die Küche blieb wie sie war. Wir setzten uns aufs Sofa, ich kuschelte mich in seine Arme, legte meinen Kopf an seine Brust, das Hemd hatte er nicht richtig zugeknöpft. Ich roch an seiner nackten Haut, die herrlich frisch roch. Ich küsste ihn auf die Brust. Plötzlich spürte ich, dass auch er mich auf den Kopf küsste. Nun drehte ich meinen Kopf in Richtung Sascha, er kam ein wenig näher und wir küssten uns intensiv. Mit meinem Bauch alles nicht mehr so einfach. „Schatz, komm wir gehen ins Schlafzimmer." Das machten wir auch und unsere Versöhnung war einmalig, es war zwar gar nicht mehr so einfach, aber wir liebten uns bis spät in den Nachmittag hinein.

„Schatz," sagte ich später, „wenn das die Mamma hören würde das wir uns heute so viele Male geliebt haben, würde sie wieder einmal die Hände über dem Kopf zusammenschlagen." Lachte ich.
„Martina wir könnten doch wieder in den Wald und uns dort noch einmal versöhnen?" Lachte auch Sascha. „Nein lieber nicht, dort ist es heute kalt," grinste ich und kuschelte mich an Sascha. „Sascha, bitte sage mir ehrlich, wenn irgendwann etwas zwischen uns nicht mehr stimmt." „Schatz, hab keine

Angst, ich würde nie fremdgehen, das nächste Mal sage ich dir gleich, wenn ich mich mit jemandem treffe." „Das wäre gut, denn ich möchte wirklich hier mit dir zusammen sehr viel aufbauen, habe noch einiges vor, dass wir zusammen machen könnten." Er nickte und gab mir noch einen zärtlichen Kuss. „Das möchte ich auch gerne."

24

Wir schliefen beide ein, doch plötzlich erwachte ich, denn ich war mir nicht sicher, aber hatte das Gefühl, das ich unten ganz nass war, aber wehe war keine zu spüren. Ich weckte Sascha und meinte: „Schatz, ich glaube es geht los." Er war noch nicht ganz wach. „Was geht los?" „Ich glaube da will jemand auf die Welt und uns begrüßen." Lachte ich. Er sprang aus dem Bett, zog sich ganz hektisch an. Ich lachte nur weil er so herumzappelte. Er schaute mich an. „Wie kannst du nur so ruhig bleiben?" „Krankenhaus oder Hebamme?" „Schatz würdest du einfach die Hebamme anrufen, dass die Fruchtblase geplatzt sei, danach hilfst du mir ein frisches Lacken hinzutun und mir etwas überziehen, kann ja nicht nackt vor die Hebamme und den Arzt treten." „Oh was wird die Mamma schon wieder von uns denken?" „Keine Panik, die wird nur denken das wir ein verrückter Haufen sind und es bei uns nie langweilig wird." Ich musste lachen denn Sascha verzog sein Gesicht zu einer Grimasse.

Als die Hebamme eintraf lag ich schon eine geraume Zeit in den Wehen. Kurze Zeit darauf traf auch der Arzt ein, denn fürs Krankenhaus hätte die Zeit nicht mehr gereicht. Wir hatten nur die Bettdecke gewechselt, aber ich war nackt geblieben, weil es mir so am wohlsten war. Der Arzt und Sascha blieben in der Küche, tranken Kaffee, die Hebamme blieb bei mir.

In der Zwischenzeit lag ich schon mehrere Stunden in den Wehen, mir lief der Schweiß herunter und ich konnte fast nicht mehr. Die Hebamme sprach mit dem Arzt, der kam und untersuchte mich. Er nickte. „Alles gut Frau Betz, es sollte bald richtig losgehen." Ich konnte gerade noch nicken, da kam eine so heftige Wehe, das ich schrie. „Schwester wir versuchen es mit pressen, helfen sie ihr bei der nächsten Wehe, denn die letzte war doch ziemlich heftig." Als die nächste kam, durfte ich endlich pressen. Sascha kam rein, hielt meine Hand, streichelte meine Wange und sagte: „Schatz hecheln." „Ja ja brüllte ich." Bei der nächsten ging alles sehr schnell. „Jetzt dürfen sie pressen," sagte der Arzt. Ich fing an zu pressen. „Ich sehe das Köpfchen schon, noch einmal heftig pressen, dann kommt es." meinte der Arzt. So war es auch, ich kriegte eine so heftige Wehe, dass es ohne pressen gar nicht mehr gegangen wäre. Da war die kleine Dame auch schon da.

Die Hebamme nahm es entgegen und legte es mir direkt auf die Brust, ich hatte Tränen in den Augen, denn ich war richtig müde, denn es war eine sehr schwere Geburt. Aber als ich die Kleine auf mir hatte, war alles vergessen, ich streichelte sie ganz sanft, da trat Sascha neben mich und gab mir einen Kuss. Nun wurde die kleine gebadet, untersucht und angezogen. Danach kriegte ich sie wieder. Zwischenzeitlich war auch ich frisch zurechtgemacht, aber auch müde.

Wie ich erfuhr waren auch die Großeltern mit Florian eingetroffen. Sascha hatte sie informiert. Der Arzt und die Hebamme verabschiedeten sich, jetzt kamen aber alle anderen herein und wünschten uns alles Gute. Der kleine Florian der inzwischen schon ein Jahr alt ist, hatte nur Augen für seine kleine Schwester. „Na Martina wie geht es dir?" „Eigentlich sehr gut, nur bin ich ziemlich müde, es war ziemlich anstrengend." „Dann schlafe ein wenig, wir nehmen Florian wieder mit und du erholst dich. Aber eines muss ich doch noch los werden. Mit euch wird es nie langweilig, ihr macht immer verrückte Sachen." Nun mischte sich Sascha ein. „Mama, dieses Mal haben wir nichts angestellt, Martina wollte ja nicht mit mir in den Wald." Lachte er. „Ja bei euch weiß man nie so genau." „Na, du hast doch gesagt wir sollen uns versöhnen," sagte Sascha. „Aha da haben wir es ja schon," lachte Heike. Sie gab mir einen Kuss auf die Wange, auch Werner, dem kleinen schien ich heute ganz egal zu sein. Als alle raus waren inklusive Sascha, schloss ich die Augen und schlief ein.

Ich erwachte wieder da die Kleine am Schreien war, ich öffnete die Augen und sah direkt in Sascha seine stahlblauen grinsenden Augen. „Oh Schatz hast du ein wenig schlafen können, nach der turbulenten Nacht." „Ja habe tief und fest geschlafen, aber anscheinend hat da jemand Hunger. Könntest du sie nicht schnell wickeln, dann mache ich mich parat zum stillen." „Kein Problem, darin bin ich ja schon geübt." Lachte er. Wir waren in den letzten Jahren zu einem richtig eingespielten Team geworden. Vergessen war der ärger vom vorigen Tag. Wir waren so glücklich.

Ich schaute Sascha lächelnd zu, er machte das fantastisch, mit wickeln. Ich musste einfach noch ein wenig lernen Sascha zu vertrauen. „Schatz da ist die kleine Dame, trocken und putzmunter." „Danke mein Schatz, wir sollten uns auch noch für einen Namen entscheiden. Wie wäre es mit Sabrina?" „Na super, das wollte ich dir auch gerade Vorschlagen. Da sind wir uns ja wieder einmal einig." Lachte Sascha. Gab mir einen Kuss und verschwand durch die Türe. Als er wieder auftauchte war ich fertig mit stillen, Sabrina schlummerte friedlich in meinen Armen. „Schatz habe uns ein spätes Frühstück gezaubert, du hast sicher auch Hunger." „Und wie, ich lege die kleine schnell in die Wiege, dann stehe ich auf. Hast du eigentlich auch noch ein wenig geschlafen?" „Nichts da, heute wird im Bett gegessen, das haben wir schon lange nicht mehr gemacht. Ich legte mich ein wenig aufs Sofa, aber so richtig schlafen konnte ich nicht." Wir nahmen uns zum Essen sehr viel Zeit.

25

In den nächsten Monaten wuchsen unsere zwei Kinder heran, es war eine sehr turbulente Zeit. Zum Glück waren noch die Großeltern da, die einsprangen, wenn es nicht mehr ging. Im Sommer machten wir wieder unsere Alm auf. Es kamen auch sehr viele neugierige, wie Wanderer, die wir schon kannten. Die Eltern zogen sich immer wie mehr zurück und schauten mehrheitlich nur noch zu den kleinen, was uns auch nichts ausmachte, da wir ein bisschen wenig Zeit für die zwei hatten.

Am Abend schlossen wir um fünf Uhr zu um wenigstens den Abend für uns zu haben.

So vergingen der Sommer und der nächste Winter und es kam wieder der Frühling. Florian war nun schon Drei Jahre alt und die Sabrina zwei Jahre. Die zwei hielten uns ganz schön auf Trab, war aber auch schön, für sie den ganzen Winter sehr viel Zeit zu haben. Wir schlenderten mit ihnen durch den Wald oder gingen Schlitten fahren. Das war der letzte unbeschwerte Winter, den nächsten Herbst kam Florian schon in den Kindergarten.

Ich merkte das Sascha wieder ein Geheimnis hatte und viel mit den Eltern am Tuscheln war. Ich dachte nur nicht schon wieder. Eines Tages nahm er mich zur Seite, komischerweise half mir heute Heike und auch Werner war im Einsatz, mehrheitlich mit den Kindern. Unser Bergrestaurant war heute recht gut besucht, deshalb war ich nicht so glücklich das er mich an der Hand wegzog. „Sascha, ich habe keine Zeit." „Doch du hast Zeit, Mamma schaut jetzt. Komm sei lieb." „Was hast du vor?" „Das siehst du gleich." Er zog mich in Richtung Wald, wir liefen bis zu der Stelle, wo es mit Florians Geburt damals los ging.

Dort angekommen setzte ich mich auf einen Stein, Sascha kniete sich vor mich hin. Ich schwieg. „Schatz, wir sind jetzt schon so lange zusammen, haben vieles zusammen erlebt und auch einige Unschöne Sachen zusammen durchgestanden. Deshalb möchte ich dich fragen, wollen wir jetzt endlich heiraten?" „Ja ja und ob ich will." Ich sprang auf, schlang die Arme um seinen Hals, er verlor den Halt und fiel rückwärts ins Gras, war mir so ziemlich egal. Wir waren ja schon lange verlobt, aber zum Heiraten blieb bis jetzt keine Zeit. Ich küsste ihn, vergaß alles um mich herum. „Nicht so stürmisch mein Schatz." Ich hörte seine Worte gar nicht, zog ihm sein Leibchen über den Kopf, küsste ihn stürmisch auf seine braungebrannte Brust. Er ließ alles mit einem Lächeln über sich ergehen. Ich erhob mich ein wenig und zog mein Leibchen selbst aus, darunter kam mein nackter Busen zum Vorschein. Jetzt war auch er nicht mehr zu halten, er streichelte ganz sanft über meinen Busen, augenblicklich wurden meine Brustwarzen richtig hart. Er drehte mich auf den Rücken und liebkoste mich mit der Zunge. Er ging mit den Fingern in mein Höschen, danach zog er mir mein Höschen und den Rock aus und führte sein Glied bei mir ein. Er fing an mit sanften Stößen, die immer intensiver wurden, wir kamen dann beide gleichzeitig.

Als wir richtig ausgelaugt nebeneinander lagen, lächelten wir uns an. „So jetzt kann ich dir endlich sagen was mit dem Geld von damals passiert ist, als ich den Kauf abgewickelt habe. Das du nicht mehr Angst haben musst ich hätte ein Geheimnis. Einen Teil habe ich für unsere Kinder angelegt, einen Teil ist für uns auf einem separaten Konto. So jetzt kommts, ich habe gedacht einen Teil geben wir den Eltern für deine Alm, damit Mama auch was davon hat, die wird sich zwar sträuben, mit dem Rest machen wir eine Hochzeitsreise. Was hältst du von alledem. Ich wollte nichts sagen, weil ich dich mit allem überraschen wollte." Ich sagte kein Wort, aber meine Augen leuchteten. Ich drehte mich zu Sascha um und küsste ihn überall auf seinen nackten Körper. Er schlang die Arme um mich und hielt mich ganz fest. „Schatz, jetzt könnten wir das dritte Baby in Angriff nehmen." Lachte ich. „Du hast sie wohl nicht mehr alle beisammen, den Stress mit der Alm, die zwei kleinen Strolche, dann noch ein Baby, wie soll das funktionieren?" Ich lachte nur hintergründig. Sascha schüttelte den Kopf.

Als wir endlich zurückkamen, sah ich, dass alle Bescheid wussten. „So Werner bist du jetzt beruhigt, dass wir endlich Heiraten?" „Ja es wird auch langsam Zeit, aber der schnellste war Sascha noch nie." Lachte Werner. Ich sah wie Sascha die Augen verdrehte und mir zuzwinkerte. Heike schaute von einem zum anderen und meinte: „was habt ihr zwei schon wieder ausgeheckt?" Wir sagten wie aus einem Munde: „Nein gar nichts." „Na ob ich das glauben kann. Noch etwas, die Hochzeit richten wir euch aus, und zwar die ganze, das haben wir schon besprochen, keine widerrede." Sie sah das wir beide gleichzeitig den Kopf schüttelten. „Das können wir doch nicht annehmen." „Und ob ihr das könnt, sonst ist Heike beleidigt." Wir lachten, denn sie machte einen richtigen Schmollmund.

In den nächsten Wochen arbeiteten wir alle Hand in Hand, genossen die Zeit mit den Kindern, die inzwischen einen kleinen Hund gekriegt haben und auf der Wiese mit ihm herumtollten. Inzwischen war es Sommer und wir hatten super Wetter, die Großeltern zogen sich vermehrt zurück und tuschelten viel zusammen, oder fuhren in ihre Wohnung, weil sie dringend etwas erledigen mussten. Sascha und ich schauten uns nur an und zuckten mit den Schultern.

An einem schönen Sommerabend, wir waren ziemlich müde, da der Tag sehr stressig gewesen war, die Kinder waren im Bett und wir saßen draußen und genossen noch die letzten Sonnenstrahlen. „Sascha mich nähme mal Wunder, was die Eltern immer zu tuscheln haben." „Schatz das erfahren wir wahrscheinlich gleich, denn dort kommen sie." Ich gab Sascha noch einen Kuss bevor ich fast vor Neugier platzte.

Sascha lachte nur. „Hallo ihr zwei, könnt ihr uns mal verraten was ihr so für Geheimnisse vor uns habt?" „Martina du bist ja gar nicht neugierig?" „Ich doch nie." Sascha schaute mich von der Seite an und knipste mit einem Auge. Alle lachten.

„Na dann kommt, wir setzen uns an einen Tisch, trinken zusammen noch ein Glas Wein dazu und wir erzählen euch was wir ausgeheckt haben, sonst platzt Martina noch." „Hey, so schlimm bin ich auch nicht, nur leider vertrage ich zurzeit keinen Alkohol mehr," lachte ich. „Was soll das jetzt schon wieder heißen?" Als wir uns gesetzt haben. „Also wir waren ja auch viel unterwegs, wir wollten euch damit auch überraschen, im Herbst wird hier ganz groß eure Hochzeit gefeiert, wir haben gedacht es gibt eine Trauung unter freiem Himmel. Na, was sagt ihr dazu?" „Da haben wir wohl gar nichts mehr zu sagen," meinte Sascha und schaute mich dabei blinzelnd an, denn die beiden schüttelten gleichzeitig den Kopf. Ich meinte: „das ist ja schön, dass wir wenigstens erfahren das wir im Herbst Heiraten." „Na wir freuen uns einfach euch diese Feier komplett auszurichten. Der Pfarrer ist auch bestellt." Wir quatschten noch ein wenig bevor wir uns alle zurückzogen.

Wir schauten noch schnell bei den Kindern rein, Sabrina hatte den Daumen in den Mund gesteckt und schlief ganz tief und fest mit einem leichten lächeln und rosigem Gesichtchen. Auch Florian lag ganz friedlich in seinem Bett und schlief, der kleine Hund lag neben Florians Bett und schaute uns mit großen Augen an. „Schatz komm, wir machen noch einen kleinen Spaziergang." „Sascha es ist aber doch schon so spät und morgen müssen wir wieder früh aus dem Bett." „Ich möchte mit dir nur ein paar Minuten des wundervollen abends noch ein wenig genießen." Ich holte noch eine leichte Jacke, Sascha wartete schon ungeduldig vor der Türe.

„Zapple doch nicht so herum, bin doch schon da." Lachte ich. Er nahm mich bei der Hand, so schlenderten wir durch die Sternenklare Nacht. Sascha schaute mich mit verdächtig glänzenden Augen an. „Schatz, ich bin so glücklich mit dir, bald Heiraten wir, dann ist unser Glück perfekt. Nur müsste ich dir noch eine Kleinigkeit beichten, denn wir wollen doch ohne Geheimnisse in unser neues Glück gehen." Ich sagte nichts, obwohl ich genau wusste was er mir sagen wollte, ich habe es ja durch Zufall erfahren, wollte aber, dass er es mir selbst sagte. „Na dann mal los, mein lieber." Er druckste herum. „Na sag schon das du mit Roberto wieder Kontakt hast." Er schaute mich richtig verblüfft an und stammelte: „woher weißt du das?"

„Ich habe es durch einen Zufall vor einiger Zeit erfahren, wollte aber, dass du es mir selbst sagst." „Und ich überlege mir die ganze Zeit wie ich es dir sagen könnte." „Ach Schatz, so schlimm bin ich auch wieder nicht und wie ich gehört habe, hat er sich ziemlich verändert." „Ja das stimmt, er hat sein ganzes Wesen verändert und auch den Kontakt zu Silvia komplett abgebrochen, seitdem geht's mit ihm stetig bergauf." „Na das ist doch super, dann lade ihn einmal zu uns ein." Sascha nahm mich in den Arm und küsste mich innig, als wir in den Himmel sahen, kam eine Sternschnuppe herunter. „Schatz ich liebe dich."

Wir haben uns auf einen Stein gesetzt und ganz die Zeit vergessen, nun wurde es aber doch Zeit zurückzugehen. Sascha schaute nach den Kindern, ich ging ins Schlafzimmer, zog mich aus, aber müde war ich heute gar nicht. Deshalb legte ich mich nackt aufs Bett und wartete auf meinen Mann. Als er wenig später das Schlafzimmer betrat, wurden seine Augen ganz groß. „Was hast den du um diese Zeit noch im Sinn?" „Na komm mal her mein Schatz, dann zeige ich es dir." Blinzelte ich ihm zu. Ich schaute ihm zu wie er sich auszog, heute aber bedacht langsam, danach schlüpfte er zu mir unter die Decke. Ich legte meinen Kopf auf seine gutriechende braungebrannte Brust, ich hob ein wenig den Kopf und gab ihm einen Kuss. Wir liebten uns danach noch.

Es dämmerte schon, als wir voneinander ließen. Ich schaute Sascha an und meinte: „ich gehe schnell unter die Dusche und mache nachher Frühstück für alle." „Ja mach das, ich glaube ich brauche einen richtig starken Kaffee, sonst überlebe ich den heutigen Tag nicht." Lachte Sascha.
Als ich geduscht war, mich angezogen hatte, trat ich nach draußen, es war ein herrlicher sonniger Morgen und herrschte eine friedliche Stille. Ich machte Frühstück und deckte draußen den Tisch, langsam kam leben in die Stille hinein. Die Eltern kamen langsam aus ihrer Wohnung getreten, auf der anderen Seite kam Sascha mit Sabrina an der Hand aus der Türe, vorab sprang Florian wie ein Wirbelwind herum, der Hund sprang an ihm hoch und bellte wie wild. Ich Lachte. „Guten Morgen," sagte ich. „Morgen Martina, habt ihr gut geschlafen?" Fragte Heike. Sascha und ich schauten uns an und blinzelten einander zu. Heike schaute von einem zum anderen, dann Werner an und meinte: „wie ich das sehe ist jeder weitere Kommentar überflüssig." Wir nickten nur und lachten.

26

Die nächsten Tage und Wochen gingen wie im Fluge vorbei. Eines Tages fuhr Sascha allein in die Stadt, um sich für die Hochzeit einen Anzug zu kaufen. Ich machte einen Ausflug mit Heike, um mir ein Hochzeitskleid zu kaufen, Werner ließen wir mit den Kindern zu Hause. Denn wir hatten heute einmal geschlossen, was es sonst nie gab. Als Heike und ich zurückkamen, saß Sascha, Werner und ein gutaussehender junger Mann am Tisch, tranken was zusammen und waren am Diskutieren. Als ich ausgestiegen war hob der unbekannte seinen Kopf und mich traf ein schüchternes lächeln. Ich trat auf sie zu, der Junge stand ebenfalls auf und trat einen Schritt auf mich zu. Nun breitete ich mit einem Lächeln die Arme aus und drückte ihn fest an mich, ich flüsterte ihm leise ins Ohr: „Schön dich zu sehen, Roberto.“

Ich hielt ihn ein wenig von mir weg. „Gut siehst du aus, hätte dich fast nicht erkannt.“ „Danke das gleiche Kompliment kann ich nur zurückgeben, du bist noch schöner geworden, als du damals schon warst.“ Ich wurde richtig rot ab solch einem Kompliment. Sascha stand auf, nahm mich in den Arm, gab mir einen Kuss. „Na Roberto, habe ich dir zu viel versprochen?“ „Nein hast du nicht, dachte nicht, dass ich so herzlich empfangen würde.“ „Wir lassen euch jetzt allein, ihr habt euch sicher viel zu erzählen,“ meinte Sascha. „Schatz, das ist lieb von dir, schaust du dann zu den Kindern, ich würde gerne mit Roberto einen kleinen Spaziergang unternehmen, wenn es dir recht ist.“ „Gute Idee, macht das.“

So kam es das ich mich bei Roberto einhackte und ihn mit mir wegzog. Er zögerte noch ein wenig, aber als wir aus aller Blickfeld verschwunden waren, wurde er lockerer. Zuerst liefen wir ganz still nebeneinander her, bis ich ihn ermunterte ein wenig von sich zu erzählen. Als wir an einer Lichtung ankamen setzten wir uns ins warme Gras. Ich hörte ihm schweigend zu, bis er eine Pause machte. Ich gab ihm einen freundschaftlichen Kuss auf die Wange und meinte: „wieso hast du dich den nicht schon früher bei uns gemeldet?" „Ich wusste ja nicht wie ihr auf mich reagieren würdet." „Aber du siehst, dass du herzlich aufgenommen wurdest, auch von Werner. Hast du mit Silvia denn keinen Kontakt mehr? Auch Heike hat dich sehr herzlich begrüßt." „Nein, die hat wieder geheiratet und ist nach Spanien gezogen. Ja mit dem hätte ich ja nie gerechnet, ist das wirklich Saschas Mama?" „Ja, mein lieber das ist sie und eine absolut herzliche Person. Sie hat mir hier alles überschrieben, jetzt gehört es mir." „Das ist wirklich großzügig, was hat den Sascha dazu gesagt?" „Er war damit einverstanden."

„Sei mal ruhig, ich höre da was rascheln, ich weiß auch wer das ist." Lachte ich. Ich stand auf und machte ein komisches Geräusch, Sascha erschrak richtig. Roberto und ich lachten aus vollem Hals. „Wollt ihr das ich einen Herzinfarkt erleide?" „Nein mein Schatz, aber wenn du dich so anschleichst." Ich gab ihm einen Kuss. „Komm setz dich zu uns." „Ja ich wollte mal sehen wo ihr bleibt." „Oh ist es schon so spät, wir haben ganz die Zeit vergessen, es tat richtig gut mich mal mit Martina richtig auszuquatschen. Aber jetzt sollte ich wahrscheinlich langsam wieder den Rückweg antreten." Roberto stand schon auf. Da sagte Sascha plötzlich: „Nichts da, du kannst diese Nacht gerne in unserem Gästezimmer schlafen:" „Ich will euch aber keine Umstände machen." Wir schüttelten beide gleichzeitig den Kopf. „Du störst uns ganz sicher nicht, oder Martina?" „Ganz sicher nicht, kommt ihr beiden, dann kann ich es parat machen und dann kriegen wir vielleicht auch noch was zu Essen. Dann kriegst du den ganzen Trubel hier oben am eigenen Leib zu spüren." Ich hackte mich bei beiden ein, und so liefen wir gemeinsam zurück.

Am nächsten Morgen als wir ausgeschlafen waren und am Frühstückstisch saßen, fragte Heike, ob sie mich heute allein lassen könnte, denn sie möchte mit den Kindern und Werner einen Ausflug machen. Da mischte sich Roberto ein. „Geht ihr nur, ich werde hier mit Hand anlegen, wenn die beiden nichts dagegen haben." Alle schauten auf Sascha und mich, wir beide schauten einander an und nickten. „Von uns aus gerne, möchte aber noch schnell mit Sascha unter vier Augen sprechen, wenn du Roberto, den Tisch schon abräumen würdest. Wir kommen gleich wieder." „Kein Problem, ich mache mich gleich nützlich."

Ich nahm Sascha bei der Hand und zog ihn mit mir hinters Haus. „Schatz, meinst du das kommt gut, wenn Roberto ein paar Tage bei uns verbringen würde, ich möchte nicht, dass wir alle drei eines Tages Streit kriegen." Wie meinst du das?" „Nicht das du plötzlich eifersüchtig wirst, denn der sieht nämlich wieder sehr gut aus, besser als früher." „Ich doch nicht, ich weiß das uns nichts und niemand mehr trennen kann und ich sehe doch auch gut aus." Lachte Sascha. „Fantastisch, siehst du aus. So ist es mein Schatz, ich liebe dich von ganzem Herzen." Ich gab ihm einen Kuss. Wir schlenderten Arm in Arm zurück.

Dort kamen wir aus dem Staunen nicht raus. Die Tische waren parat fürs heutige Geschäft. Die Eltern waren schon weg, Roberto fanden wir in der Küche, er machte gerade die Körbchen mit den Snacks parat. „Oh bist ja gut." „Das hat mir noch schnell Heike gezeigt," lächelte Roberto. „Na dann kann ich euch zwei ja beruhigt allein lassen und für hier den Großeinkauf machen." Ich schaute dabei Sascha zweifelnd an, das sah wohl Roberto. „Keine Panik Martina, ich bin nur hier, um zu helfen und ein wenig euer Leben zu schnuppern, sonst habe ich keine Absichten." Ich glaubte es ihm mal und verabschiedete mich von Sascha mit einem zärtlichen Kuss.

Wir machten in der Küche noch belegte Brötchen, sprachen dabei aber nicht viel. Als die ersten Gäste kamen, half Roberto bedienen und ich hatte ein wenig mehr Zeit mich um die Gäste zu kümmern. Als einmal nicht mehr so viel Wanderer da waren, holte ich zwei Gläser zu trinken und zwei Brötchen, ich bedeutete Roberto sich zu mir zu setzen. „Komm setz dich, trinke und esse was mit mir bevor der richtige Ansturm los geht." Er setzte sich mir gegenüber, er wurde richtig verlegen, weil ich ihn beobachtete. „Und wie gefällt es dir bei uns?" „Sehr gut, das ist mal was ganz anderes, als das was ich jetzt mache."

„Na dann erzähle mal wie es dir in den letzten zwei Jahren oder waren es drei, so erlebt hast." Da fing er an zu erzählen, er redete sich alles von der Seele. Ich unterbrach ihn nie, bis er geendet hatte. Leider kamen dann schon wieder viele Gäste, da das Mittagsgeschäft los ging. Wir arbeiteten sehr gut zusammen, Sascha kam am Nachmittag auch wieder mit allen Besorgungen zurück und einem wunderschönen Blumenstrauß für mich. „Oh Danke mein Schatz, der ist wundervoll. Hast du irgendetwas zu Beichten?" „Nein, wollte dir nur eine Freude machen. Ich habe aber noch die Eltern und die Kinder getroffen, deshalb bin ich auch ein wenig spät. Die sind an der Organisation für die Hochzeit dran, behalten die Kinder unten und kommen erst etwa in zwei Tagen wieder."

In unser Gespräch platzte Roberto, er habe einen schwierigen Gast, der nur von mir Bedient werden wolle. Ich schaute ihn komisch an, auch Sascha war skeptisch geworden, deshalb gingen wir alle drei nach draußen. Ich blieb wie angewurzelt stehen, das Roberto der hinter mir war fast stolperte. Er konnte sich noch gerade halten. Sascha ging an den Tisch mit der Dame und fragte nach ihren Wünschen, erst dann merkte er das es Sofja war. Wie hat die uns jetzt schon wiedergefunden, das ist einfach unglaublich. Sie meinte, sie möchte mich einen Moment sprechen.

Ich trat an den Tisch und fragte was sie von mir möchte. Beide Männer traten hinter mich wie sie mich beschützen müssten, insgeheim musste ich lachen, mit zwei so guten Beschützern kann mir gar nichts mehr passieren. „Bitte Martina, setz dich doch einen Moment zu mir, möchte mit dir sprechen unter vier Augen, du brauchst keine Beschützer, ich komme mit guten Absichten." Sie schaute dabei die zwei Männer an. Ich schüttelte den Kopf und meinte: „die zwei können ruhig dabei sein, meinen Mann kennst du ja und dies ist Roberto mein Schwager." „Na gut, dann setz dich doch bitte einen Moment zu mir, wenn du Zeit hast?" Das waren ja ganz neue Töne. Ich schaute mich um, dies sah Roberto und lächelte mir zu. „Martina, setz dich ruhig, ich werde für das leibliche wohl der Gäste sorgen, vielleicht hilft mir ja Sascha ab und zu." „Na klar helfe ich dir." „Das ist lieb von euch zwei."

Ich setzte mich und schaute Sofja erwartungsvoll an. Komischerweise druckste sie herum, was sonst gar nicht ihre Art ist. „Na Sofja, was ist los, sonst bist du ja nie so freundlich gewesen." „Martina, ich möchte mich für alles bei dir entschuldigen, was ich dir angetan habe." „Wie komme ich so plötzlich zu der Ehre?" „Ich habe gemerkt das du dein Glück gefunden hast und zwei süße Kinder hast und mir läuft jeder Mann wieder weg, ich fühle mich momentan auch ziemlich einsam. Unsere Eltern wollen auch nichts mehr mit mir zu tun haben, weil ich dich in die Flucht geschlagen habe. Aber wie ich sehe hast du dir hier ja was sehr Schönes aufgebaut und siehst auch sehr glücklich aus." „Da hast du recht, mir geht es auch super, habe ja auch mit früher abgeschlossen. Ich würde dir gerne eine Chance geben, aber erst möchte ich wissen was du damals von Sascha erwartet hast?" „Ich habe Sascha zufällig in der Stadt getroffen, damals hatte ich wirklich die Absicht mal zu schauen ob eure Verbindung so groß ist. Womit ich aber nicht gerechnet habe war, dass Sascha mir dann auch gehörig die Meinung gesagt hat. Ich habe mich dann zurückgezogen und bin in mich gegangen, kam zu dem Entschluss das ich wirklich viele Fehler gemacht habe, er hatte absolut recht mit dem was er mir vorgeworfen hat, da fing ich an dich um dein Glück zu beneiden. Ich würde dich gerne Fragen ob wir nicht noch einmal ganz neu anfangen könnten?"

Ich hatte ihr ruhig zugehört, als ich ihr in die Augen schaute, sie hielt meinem Blick stand, da wusste ich, dass sie es ernst meinte. „Also dann fangen wir noch einmal von ganz vorne an, schließlich sind wir ja Schwestern," sagte ich mit einem Lächeln, „herzlich willkommen in meiner Welt Soja." Wir standen beide auf und umarmten uns. „Darf ich dich noch etwas fragen, Martina?" „Ja klar, was möchtest du noch?" „Kann ich diesen Roberto nicht kennen lernen und ihn fragen ob er mit mir was trinkt." „Doch das kannst du." Ich rief: „Roberto kannst du mal kommen?" Als er an den Tisch trat, meinte ich: „Sofja möchte gerne mit dir was trinken gehen?" „Das können wir gerne machen, aber erst nach Feierabend." Sofja machte einen Schmollmund, weil Roberto davonlief und sich weiter um die Gäste kümmerte.

„Sofja, fange nicht wieder so an, vor allem klammere nicht wieder, wenn er nichts von dir möchte, dann lass es gut sein. Er hat eine sehr schwere Zeit hinter sich, wir sind froh das wir ihn in so guter Verfassung wiederhaben." Sie machte einen richtigen Schmollmund. Da musste ich doch lachen, ich glaube sie hat sich doch geändert. In diesem Moment trat Roberto an unseren Tisch. „Martina, kann ich dich kurz sprechen?" „Na klar ich komme gleich." Ich nickte Sofja noch einmal zu und folgte dann Roberto in die Küche. „Martina meinst du es sei eine gute Idee, wenn ich mit deiner Schwester was trinken gehe?" „Ja ich glaube schon, probiere es einfach, ich habe ihr das richtige dazu schon gesagt." „Danke Martina." Er gab mir einen Kuss auf die Wange. In diesem Moment trat Sascha in die Küche. „Oh da komme ich ja gerade richtig." „Keine Panik mein Schatz, erkläre dir alles später, wenn wir allein sind."

So kam es das Sascha und ich wieder einmal einen Abend ganz für uns allein hatten. Es war ein schöner Augustabend. Als wir geschlossen hatten und alles aufgeräumt war, gingen wir beide unter die Dusche und zogen uns frisch an. „Schatz, wollen wir nicht wieder mal einen Spaziergang durch Wälder und Wiesen machen?" Ich schaute ihn dabei ganz verliebt an. „Ja komm das machen wir."

Wir schlenderten Hand in Hand über die Wiesen Richtung Wald. Als wir an unserem Lieblingsplatz im Wald ankamen, drehte ich mich zu Sascha um und gab ihm einen dicken Kuss. „Schatz ich liebe unser Leben und vielleicht kommt wieder alles gut." „Ja du bist ja eine richtige Kupplerin." Lachte Sascha und nahm mich in die Arme. „Vielleicht finden die zwei ja zusammen und Sofja wird ein wenig sanfter, denn bei uns hat sie es ja nicht geschafft. Ich würde dich auch nie mehr hergeben." Blinzelte ich.

Wir setzten uns ins warme Gras, jeder hing seinen Gedanken nach. Ich fragte Sascha auch nicht was er damals Sofja gesagt hat. Es war ein warmer Abend und die Sterne leuchteten herrlich. So blieben wir lange ruhig sitzen, bis Sascha den Arm um mich legte. Ich legte meinen Kopf an seine Schulter. „Schatz eigentlich haben wir bis jetzt alles richtig gemacht, wir haben hier unser Auskommen, Großeltern die ab und zu helfen und zu den Kindern schauen, bald Heiraten wir, dann ist alles perfekt. Ich glaube auch Roberto ist ruhiger geworden, wenn dies deine Schwester auch noch schafft, perfekt."

Ich gab Sascha einen Kuss, damit er endlich schwieg, denn er redete in einem fort, was ich so gar nicht kannte von ihm. Ich streckte meinen Kopf in sein Hemd, das nicht ganz zugeknöpft war und küsste ihn auf seine warme gutriechende braungebrannte Brust. Nun merkte ich das dies ihm gefiel, deshalb knöpfte ich sein Hemd ganz langsam auf. „Schatz wir müssen aber morgen früh wieder zeitig aufstehen." Keuchte er. Das war mir so ziemlich egal. Es gab ja nicht mehr so viele Auszeiten, wo wir ganz allein sind, deshalb machte ich einfach weiter. Ich merkte aber, dass es Sascha gut gefiel. Ich suchte seinen Mund auf und ab diesem Zeitpunkt war er auch nicht mehr zu halten, wir zogen die Kleider aus und liebten uns wie wild.

Die Sterne leuchteten ganz hell auf uns nieder, als wir so nebeneinander lagen. Nun standen wir langsam auf, zogen uns an und schlenderten gemütlich zurück. Als wir beim Haus ankamen brannte im Gästezimmer noch Licht, also war Roberto noch wach. Wir hatten die Türe noch nicht ganz erreicht, da wurde sie aufgerissen, Roberto schaute uns lächelnd an, nahm mich in den Arm und schwenkte mich durch die Luft und lachte dabei, gab mir einen Kuss auf die Wange. „Was ist denn mit dir los?" fragte ich, als er mich endlich runterließ.

„Na ihr habt mir Glück gebracht." Bevor wir irgendetwas erwidern konnten sahen wir einen Schatten auf uns zukommen. Ich wäre fast umgefallen, als ich Sofja nur mit einem Short Bekleidet ins Licht treten sah. Sascha hielt mich fest, weil ich taumelte. Sascha fand als erstes seine Stimme wieder: „na das ist ja eine Überraschung." Ich sagte kein Wort, ging an allen vorbei und verzog mich ins Schlafzimmer. Was sie noch sprachen hörte ich gar nicht mehr. Ich zog mich aus und stellte mich unter die Dusche, ließ das Wasser über meinen nackten Körper rieseln. Das tat gut, denn es war ein Schock, hoffe nur das das gut geht.

Ich stand lange unter der Dusche. Als ich endlich fertig war, ging ich ins Schlafzimmer, legte mich Nackt unter die Decke. Da kam auch Sascha herein. „Schatz was war den mit dir los, dass du ohne ein Wort verschwunden bist. „Das war ein Schock für mich, deshalb nahm ich erst eine Dusche. Jetzt geht es mir ein wenig besser, hoffe nur das geht mit den zweien gut, ich traue meiner Schwester noch nicht ganz." „Da bin ich mal gespannt ob es auch funktioniert." „Morgen ist Sonntag und sie möchten einen Ausflug zusammen machen, da sind wir allein." „Morgen will er ja schön, da haben wir wahrscheinlich alle Hände voll zu tun." „Schatz dann macht es umso mehr Spaß, nur wir zwei und die Gäste."

Inzwischen hatte sich auch Sascha ausgezogen und schlüpfte zu mir unter die Decke, ich legte meinen Kopf auf seine Brust, er zog mich ganz fest an sich, so schliefen wir ein. Es ging aber gar nicht so lange da ratterte schon der Wecker. Ich stellte das ratternde Ding aus und kuschelte mich noch ein wenig unter der Decke.

Es wurde doch Zeit aufzustehen, als ich zum Fenster rausschaute, lachte die Sonne mir schon entgegen. Als ich mich angezogen hatte trat ich in die Küche, Sascha blieb noch liegen. Da staunte ich nicht schlecht, Sofja machte gerade das Frühstück und Roberto deckte draußen den Tisch. „Da staunt mein Schwesterchen," lachte Sofja fröhlich. Roberto trat ein und gab mir einen Kuss auf die Wange. „Guten Morgen Martina, gut geschlafen?" „Danke Roberto habe sehr gut geschlafen." Jetzt meinte Sofja: „Dann hole mal deinen Göttergatten, denn wir könnten Essen." Ich verschwand Richtung Schlafzimmer, schüttelte aber immer noch den Kopf. Sascha sah mich an und grinste. „Schatz hast du ein Gespenst gesehen, nach deinem Gesichtsausdruck zu urteilen."

„Das könnte man so sagen, ich glaube es immer noch nicht, aber die zwei haben zusammen Frühstück gemacht, also anziehen und mitkommen," lachte ich. „Was haben die?" „Du hast schon richtig gehört." Sascha zog sich in Windeseile an. Als wir ankamen warteten sie schon auf uns. Wir ließen uns das Frühstück richtig schmecken. „Habe gehört das ihr heute einen Ausflug machen wollt?" Bevor mir jemand Antworten konnte klingelte das Telefon. Ich wollte schon aufstehen, aber Sascha meinte ich solle sitzen bleiben, er ginge schon. „Ja wir möchten einen Ausflug mit der Gondel machen auf den Berg und dann zurück Wandern." Als Roberto dies sagte, fiel ich fast vom Glauben ab. Sofja nickte ganz heftig. „Sofja das kann doch nicht sein das Roberto dich in einer Nacht komplett umgedreht hat, oder?" Da kam Sascha vom Telefonieren zurück. „So mein Schatz, wir haben heute alle Hände voll zu tun, es hat sich für den Nachmittag eine Gruppe Wanderer mit 20 Personen angemeldet und unsere kleinen kommen erst Morgen wieder zurück." „Sollen wir dann bleiben und helfen?" „Nein macht ihr euren Ausflug, das schaffen wir zwei schon."

Wir räumten alles in die Küche, Sascha machte die Tische fürs Tagesgeschäft fertig, ich hantierte in der Küche und die anderen zwei sind zu ihrer Wanderung aufgebrochen. Als Sascha fertig war, trat er zu mir in die Küche, ich war auch gerade mit den Vorbereitungen fertig. Wir traten Arm in Arm auf die Terrasse raus, man hörte nur die Glocken der Kühe. Da kamen aber schon die ersten Wanderer, Sascha gab mir noch schnell einen Kuss, denn nachher blieb dazu keine Zeit mehr. Ab jetzt ging es Schlag auf Schlag und wir kriegten keine Verschnaufpause mehr. Es hat sich auch schon weit übers Land herumgesprochen, was wir alles boten.

Im Laufe des Nachmittags kamen auch noch die Gäste, die sich angemeldet haben, wir waren beide voll im Stress, da stand plötzlich Roberto und Sofja neben mir. „Martina können wir dir helfen?" „Das wäre großartig." Die zwei gingen sich schnell umziehen, dann halfen sie uns tatkräftig mit.

Als ich in der Küche stand, um etwas zu trinken, stand plötzlich Sascha neben mir. „Schatz du siehst auch richtig müde aus, trink auch schnell was." „Bin ich froh das die zwei uns halfen." „Ja die kamen zur richtigen Zeit. Sascha ist doch schön so eine Familie zu haben die einander einfach so hilft." „Da hast du absolut recht, also stürzen wir uns wieder ins Getümmel."

Wir traten zusammen nach draußen, da ertönte doch tatsächlich Musik und die Gruppe fing auch noch an zu Singen. War das herrlich, den Klängen zu lauschen. In diesen Tumult kamen auch die Großeltern mit Fabian und Sabrina nach Hause. Heike schaute sich um und meinte: „was ist denn hier los? So voll war es ja noch nie und diese Stimmung." Ich trat zu ihr. „Ja die Stimmung ist super, so gefällt das mir." Das ging bis in den späteren Abend so, wir dachten gar nicht ans schließen. Die Kinder hüpften zwischen den Leuten hin und her, es kamen ja noch mehr Kinder dazu.

Als am späteren Abend, der Rummel vorbei war, setzten wir sechs uns noch in der Küche zusammen, um den Tag noch einmal Revue passieren zu lassen. Als ich so in die Runde schaute waren alle richtig müde. „Ich möchte mich bei euch allen für die Hilfe herzlichst bedanken, das war richtig super von euch. Vor allem von Roberto und Sofja." „Ach Martina das haben wir sehr gerne getan, wir würden uns jetzt aber gerne zurückziehen." „Dann wünsche ich euch eine gute Nacht, schlaft gut und schläft morgen mal aus." „Danke Martina machen wir."

„Schatz du bist die beste, jetzt weiß ich wieso ich mich damals so schnell in dich verliebt habe." Meine Augen wurden richtig feucht, deshalb gab ich Sascha schnell einen Kuss. Werner und Heike lächelten nur, auch sie verabschiedeten sich und zogen sich zurück. Nun gingen auch wir ins Schlafzimmer, wir gingen noch beide Duschen, legten uns danach direkt ins Bett, ich kuschelte mich noch in Saschas Arme. Wir schliefen aber sofort ein.

27

Am nächsten Morgen war ich trotz des langen Tages von gestern sehr früh munter. Sascha schlief noch, deshalb konnte ich ihn ein wenig beobachten. Doch plötzlich ging leise die Türe auf und die Kinder kamen leise herein, ich hielt meine Finger an den Mund, weil Papa ja noch schlief. Das schien den beiden aber völlig egal zu sein. Sie sprangen mit einem Satz auf Papa. Der nahm sein Kissen und nun gab es eine richtige Kissenschlacht. Die Kinder jauchzten und wir lachten, hatten dabei richtig Spaß.

Wahrscheinlich waren wir ein bisschen zu laut, denn es klopfte leise an die Türe. Ich rief herein. Die kleinen und der Papa blinzelten sich verdächtig zu, als Roberto und Sofja hereinkamen, flogen ihnen Kissen entgegen. „Na wartet ihr drei." Die Kissen flogen zurück. Von unserem Gelächter wurden auch die Großeltern angelockt. „Was ist denn hier für ein Radau an dem herrlichen friedlichen Morgen?" Da flogen die Kissen auch in ihre Richtung, in dem Moment ließ eines gehen und die Federn flogen durchs ganze Zimmer. Wir lachten alle aus vollem Hals. Na, der Tag fing ja sehr gut an.

Heike schüttelte nur den Kopf. „Zum Glück muss ich das nicht putzen," meinte sie lachend. „Das überlege ich mir noch, ob das nicht vielleicht du doch aufräumst," meinte ich blinzelnd und lachte als sie eine Grimasse machte. „So jetzt möchten Mamma und ich uns aber anziehen, also raus mit euch ihr Rasselbande." Alle verschwanden unter lachen. Ich nahm Sascha in den Arm, gab ihm einen Kuss. „Schatz, ich liebe unser Leben, das hat vorhin so viel Spaß gemacht." „Da hast du vollkommen Recht, mein Schatz." „Ich hätte da noch eine Idee, wir müssten ja langsam jemand einstellen der uns hilft, durch den Sommer." „Ja das stimmt, aber was hast du dir überlegt?" „Ich dachte mir, ob vielleicht die Eltern die Wohnung hier abgeben würden und wir Roberto fragen, ob er bleiben möchte. Ich würde lieber ihn bezahlen als fremde." „Das ist eine gute Idee. Wie wäre es, wenn wir auch Sofja einbeziehen, dann könnte sie sich bewähren. Wir können beide bezahlen, somit hätten wir ein bisschen mehr Freizeit." „Ja komm versuchen wir es."

Nun standen wir auf, zogen uns an und gingen nach draußen, wo die anderen schon mit dem Frühstück auf uns warteten. „Na das wurde auch Zeit, dass ihr kommt, denn wir sind alle am Verhungern," lachte Roberto. „Nur nicht so ungeduldig, wir hatten noch was zu besprechen." Wir setzten uns, ließen uns alles schmecken. Als wir fertig waren, meinte ich: „so meine lieben, wir hätten ein paar Ideen, die wir mit euch besprechen möchten." „Oh das tönt ja spannend, dann lass mal hören Martina." „Also wir müssten auf nächsten Sommer jemanden einstellen, der uns zur Hand geht. Jetzt haben wir uns überlegt, ob uns nicht vielleicht Roberto und Sofja helfen möchten, natürlich gegen Bezahlung. Leider müssten dann unsere Eltern ihre Räume hier abgeben, wenn sie mal hier oben wären, könnten sie bei uns im Gästezimmer nächtigen. So das wars, jetzt seid ihr dran."

Es sagte keiner ein Wort, alle waren in Gedanken versunken. Ich schaute Sascha an, wir verstanden uns auch ohne Worte. Deshalb standen wir auf, gingen in unser Schlafzimmer, um dort Ordnung zu schaffen. „Was meinst du wie sie sich entscheiden?" „Keine Ahnung werden wir nachher sehen, komm wir versuchen die Federn zu entsorgen." Wir waren fast fertig, als die Türe mit einem Knall aufflog und Florian in der Türe stand. „Flo geht das auch ein bisschen leiser, ohne zu knallen?" „Ja, ja, Mama du sollst kommen, alle wollen mit dir reden." „Und mich will niemand dabeihaben?" fragte Sascha. Der kleine lachte spitzbübisch und schüttelte den Kopf. Bevor ihn aber Sascha erreichte flitzte er schon lachend davon. „Na Schatz, aber ich will dich dabeihaben." Lachte ich. „Na wenigstens jemand ist auf meiner Seite."

Als wir nach draußen kamen, saßen alle Einträchtig an einem Tisch, mit langen Gesichtern. „Schatz, was haben die, haben wir vorhin was falsches gesagt?" Wir setzten uns und sahen die anderen mit gemischten Gefühlen an. Plötzlich fingen alle an zu lachen, Roberto der neben mir saß nahm mich in den Arm und gab mir einen Kuss auf die Wange. „Na Martina lache doch ein wenig, wir haben euch nur veräppelt." „Na ihr könnt uns doch mal." „Nicht böse sein Martina, aber wir finden alle deinen Vorschlag super. Wir helfen Werner und Heike die restlichen Sachen ins Dorf zu transportieren. Die Möbel bleiben drinnen, wenn sie hier oben sind können sie auch bei uns übernachten." Sascha fand als erstes die Sprache wieder.

„Mama bist du mit alldem einverstanden, wir wollen dich nicht abschieben." „Nein mein Sohn, so ist alles in Ordnung und wir passen sehr gerne auf euren Nachwuchs auf, ich nehme an da kommen noch mehr dazu." Nun war ich platt. „Wieso weißt du das?" fragte ich, ohne zu merken das ich eine Bombe platzen ließ.

Es schauten mich alle an. Aber als ich merkte was ich da gesagt habe war es schon zu spät. Sascha blieb die Spucke buchstäblich weg, er sagte kein Wort. Deshalb schnitt ich sofort ein anderes Thema an. „Na das wird großartig so ein Familienbetrieb, nur müssten Roberto und Sofja sich darüber im Klaren sein, das Sascha und ich das sagen haben und sie Angestellte sind." Roberto lächelte. „Kein Problem, hat ja in letzter Zeit auch sehr gut funktioniert, nach eurer Hochzeit schicken wir euch sowieso in den Urlaub. Da schauen wir ob dies bei uns auch so gut funktioniert." „Genau und wir schauen zu den zwei Rabauken."

Sascha hatte bis jetzt nichts gesagt. Er stand auf, schaute mich an. „Schatz, ich möchte mit dir mal unter vier Augen sprechen." Ich blinzelte Heike zu, die sofort verstand. Die Kinder waren mit ihrem Hund auf der Wiese am herumtollen, also folgte ich langsam Sascha, der Richtung Wald lief. Als ich ihn einholte, legte ich meine Hand in seine und schaute ihn an. „Schatz, findest du irgendwann deine Sprache wieder?" „Ach Schatz, sei nicht böse, ich weiß es doch auch erst seit kurzem, freue dich doch einfach." „Klar freue ich mich, aber wird auch ziemlich stressig und jetzt steht noch die Hochzeit an und kurze Zeit später kommt Flo schon in den Kindergarten." „Kein Problem, das geht alles gut." Lachte ich. „Deine Nerven möchte ich haben, du lässt dich von gar nichts aus der Ruhe bringen?" „Ich doch nicht, ich könnte momentan die ganze Welt umarmen und mit dir fange ich jetzt an."

Ich nahm ihn in den Arm und drückte ihn ganz fest an mich. „Ja, wenn du meinst wir kriegen alles auf die Reihe, dann gehen wir jetzt zurück und fangen mit der Arbeit an." Lachte Sascha. Wir liefen Arm in Arm zurück, jetzt konnte Sascha auch lachen und setzte ein glückliches Gesicht auf. Die Eltern waren am Zusammenpacken, Roberto machte gerade die Tische parat, von Sofja fehlte jede Spur. „Hallo Roberto, wo ist den Sofja?" „Die macht mit den Kindern einen Spaziergang." „Na dann wollen wir das Geschäft mal ans laufen bringen, ich gehe in die Küche." Als Heike zu mir in die Küche trat, war sie ganz traurig. „Mama was ist los, ich habe nicht gesagt das ihr heute ausziehen müsst, und vertreiben möchte ich euch auf keinen Fall." „Das weiß ich, mir ist nur ein wenig wehmütig zu mute, aber es war die richtige Entscheidung. Ich weiß aber das alles bei dir in sehr guten Händen ist." Ich nahm sie in die Arme und hauchte ein Danke in ihr Ohr.

Da betraten Roberto und Sascha die Küche. „Also ihr lieben, jetzt sage ich mal wie es heute läuft." Sascha grinste: „Oje die Chefin hat gesprochen." Ich gab ihm einen Stoß in die Rippen. „Aua." „Roberto räumt seine Sachen aus dem Gästezimmer, die kann er hier unterbringen, Heike und Werner machen das Gästezimmer für sich gemütlich, wenn ihr noch ein Zimmer braucht nur sagen, dann bauen wir an. Sofja soll sich heute nur um die Kinder kümmern, Sascha und ich machen das Tagesgeschäft, denn am Nachmittag haben sich zwei Gruppen angemeldet, da brauche ich jede Hand, also hopp, hopp." Alle verließen die Küche mit viel Gelächter, nur Sascha blieb bei mir.

Ich legte die Arme um seinen Hals, gab ihm einen Kuss. „Nachher haben wir sicher keine Zeit mehr." In diesem Moment stürmten unsere Kinder in die Küche, gefolgt von Sofja. „Du siehst ja richtig kaputt aus." „Ja die zwei halten mich ganz schön auf Trab, inklusive Hund." Wir lachten. „Mama wir haben Durst." Sascha gab den zweien etwas, damit sie nicht gleich verdursten. „Sofja, heute bist du abkommandiert und solltest den ganzen Tag zu den zweien schauen, denn heute wird hier sehr viel los sein." Sie verdrehte die Augen. „Etwas nicht in Ordnung," fragte ich sie. „Ich frage mich nur ob ich den Tag überlebe." Wir lachten. „Hört mal ihr zwei, hört was Tante Sofja sagt, sonst geht ihr heute Abend sehr früh ins Bett, verstanden." „Ja, ja Papa" und weg waren sie. Sofja seufzte und folgte ihnen. „Schatz ich glaube wir sollten mal andere Seiten aufziehen, die werden immer wie wilder, wie kommt das erst raus, wenn noch ein drittes herum rast." Lachte Sascha. „Ach irgendwie machen wir das schon." „Deine Ruhe möchte ich haben." Wir gingen nach draußen, heute Morgen kamen komischerweise auch keine Wanderer, obwohl es schön Wetter war.

Uns kamen Roberto gefolgt von Florian, Sabrina und zuletzt Sofja entgegen, alle hatten die Hände voller persönlicher Sachen. „Na das ist schön, dass ihr alle mithelft." Sascha legte den Arm um mich, gab mir einen Kuss. Plötzlich tauchte Heike auf. „Martina können wir dich mal sprechen, aber du müsstest mitkommen." Sascha und ich liefen Hand in Hand hinter ihr her, es ging ums Haus auf die Rückseite, dort war ja noch ein kleiner Schuppen. Werner wartete schon ungeduldig.

„Na da seid ihr ja endlich," begrüßte uns Werner. Sascha meinte nur: „was ist den passiert Papa, so ungeduldig kenne ich dich ja gar nicht." „Martin, wärst du damit einverstanden, wenn wir beim Gästezimmer einen Durchbruch machen und hier diesen Stall dazunehmen würden, um uns ein kleines Reich zu schaffen." „Wieso fragst du da mich, das sollte dein Sohn Entscheiden." „Nichts da, das musst du Entscheiden, du hast hier das sagen." Ich schaute Sascha an und zuckte mit den Schultern. „Also von mir aus gerne, was meinst du dazu Sascha." „Na anscheinend bin ich hier nicht gefragt, aber trotzdem finde ich die Idee sehr gut." Ich gab Sascha einen Kuss, blinzelte ihm zu.

Da sauste Florian um die Ecke, konnte vor mir noch gerade so bremsen. „Halt nicht so schnell." „Mama, Mama du sollst schnell kommen, sagt Onkel Roberto." „Was ist den passiert." „Viele Leute." Und weg war er. Jetzt musste ich doch lachen. Denn Sascha verzog schon wieder das Gesicht. „Heute bin ich ja gar nicht gefragt," schmollte er. „Ach Schatz nimm es nicht so tragisch, es gibt heute noch allerhand Arbeit für dich." Lachte ich.

Was ja dann auch stimmte, ich spannte dann gleich alle ein, die Kinder mussten sich heute mal allein beschäftigen, die rasten mit dem Hund auf der Wiese herum, Sascha und Werner hatten Küchendienst, Roberto und ich bedienten, Sofja machte immer die Getränke parat und holte die Essen aus der Küche. Die Wandergruppe machte Musik und sangen dazu, auch die übrigen Gäste machten mit. Als ich einmal kurz die Küche betrat sah mich Sascha nur mit einem Blick an, der alles sagte. Ich trat zu ihm, nahm ihn in den Arm und gab ihm einen dicken Kuss. „Schatz übernimm dich nur nicht in deinem Zustand." „Ich doch nicht, es läuft ja alles problemlos, auch die Stimmung ist perfekt. Ach übrigens, morgen früh habe ich einen Termin beim Arzt, hast du Lust mitzukommen?"

„Schatz, manchmal schüttele ich ab dir nur noch den Kopf. Nicht nur dass du alles und jeden im Griff hast, auch unsere zwei Rabauken, in dir ist keine Hektik, sondern du bist richtig locker drauf. Klar komme ich mit." „Ja mein Liebling, wenn man etwas so liebt wie ich alles, dann funktioniert das auch. Jetzt aber mal eine Frage Werner, kannst du Sascha für einen Tanz entbehren?" „Na klar Martina, nimm ihn mit." „Danke Werner." Ich gab ihm einen Kuss auf die Wange und zog Sascha mit mir fort, wo schon einige tanzten. Ich bemerkte aber, dass mir alle folgten, sogar unsere zwei kleinen. Wir mussten lachen. Es wurde ein richtig schöner Nachmittag und wir feierten bis spät abends.

Als Ruhe eingekehrt war, die Kinder waren schon lange im Bett, alle anderen hatten sich schon verzogen, nahm ich Sascha an der Hand, trat mit ihm vor die Türe. Ich zog die frische Nachtluft ein, schaute Sascha an, der lächelte. Wir schlenderten dem Wald entgegen, setzten uns auf einen Stein, da legte er den Arm um mich, meinen Kopf legte ich an seine Schulter. Da merkte ich wie er mich auf die Haare küsste. Ich hob meinen Kopf und suchte nach seinem Mund. Wir küssten uns wie wild. Worte brauchte es dazu nicht. Nach einiger Zeit standen wir auf und schlenderten zurück. Obwohl es schon sehr spät war schliefen wir noch miteinander.

Am nächsten Morgen als wir aufstanden, es war wieder mal eine kurze Nacht gewesen, ging ich Duschen und machte mich parat für den Arztbesuch. Auch Sascha kleidete sich an. Die anderen schliefen alle noch, wussten aber das wir für kurze Zeit weg waren. Als wir beim Arzt ankamen, mussten wir auch nicht lange warten.

Was der Arzt uns nachher beim Ultraschall eröffnete, war für uns beide ein Schock. „Ja Frau Betz, schauen sie mal genau auf den Monitor, da sehe ich zwei Herztöne, sie bekommen Zwillinge. Herzlichen Glückwunsch." „Ich glaube ich habe mich verhört, ich habe Zwillinge verstanden?" „Sie haben sich nicht verhört, es werden Zwillinge."

Sascha schaute von einem zum anderen, dann wieder zum Monitor und verstand die Welt nicht mehr. Ich zog mich an, der Arzt versicherte uns das alles in Ordnung sei, somit verabschiedeten wir uns und traten nach draußen. Wir Sprachen kein Wort, Sascha nahm mich bei der Hand und zog mich ins nächste Restaurant. Dort bestellte er einen doppelten Cognac, ich mir einen Saft.
„Schatz, findest du irgendwann deine Sprache wieder?" „Jetzt ja, musste erst was starkes trinken, wie soll es jetzt weitergehen?" „Ganz normal, wie sonst auch." „Deine Ruhe möchte ich haben, da geht doch alles drunter und drüber."

Wir fuhren nach Hause, das hieß ich fuhr, Sascha war nicht mehr ganz nüchtern nd es war noch nicht ganz Mittag. Ich sah das alles parat war, aber Sascha wollte ich erst ins Bett stecken. Da kam mir Roberto entgegen. „Roberto könntest du mir schnell helfen?" „Klar, was ist dem mit dem los?" Da lallte Sascha: „Na du kriegst auch keine Zwillinge." Roberto schaute mich an. Ich zuckte nur mit den Schultern.

Als Roberto und ich wieder nach draußen traten fragte ich als erstes: „Wo sind denn die anderen?" „Es war nicht viel los, da habe ich sie alle zu einer Wanderung geschickt." „Hast du sehr gut gemacht, wie es aussieht war heute auch nicht viel los und so sehen sie den Sascha so nicht." „Komm Martina, wir setzen uns, trinken und Essen etwas, dann erzählst du mir mal was genau passiert ist. Sascha trinkt doch sonst nie so viel." Wir setzten uns. „Ach Roberto, eigentlich sollte sich Sascha freuen, das einzige Problem ist nur, das ich Zwillinge kriege." Er stand, ohne ein Wort zu sagen auf, kam um den Tisch herum, nahm mich in den Arm, gab mir einen Kuss. „Na das finde ich ja super, gratuliere. Der kriegt sich schon wieder ein." „Hoffe ich doch, er war ja beim Machen auch dabei." Lachte ich.

Plötzlich kamen die Kinder angerast, der Hund natürlich bellend hinterher, Oma, Opa und Sofja waren richtig außer Atem. „Hey, ihr seht ja richtig geschafft aus." Lachten Roberto und ich gemeinsam. „Ja die zwei halten einem schön auf Trab." Ich blinzelte Roberto zu und sagte: „na dann wartet mal bis noch zwei mehr herumrasen." „Wie meinst du jetzt das Martina?" fragte Heike. „Dann frag mal deinen Sohn, da kommt er gerade, wahrscheinlich hat er ein wenig Kopfschmerzen, weil er einen über den Durst getrunken hat." Lachte ich. Das hörte Sascha, streckte mir die Zunge raus und hielt sich den Kopf fest. „Was ist den passiert, du trinkst doch sonst nie so viel, mein Junge." Grinste nun auch Werner. „Kinder nicht so laut, Papa geht es nicht so gut." Lachte ich immer noch. „Da muss man etwas trinken bei der Nachricht, denn in ein paar Monaten sind wir zu viert." Alle schauten einander an, ich meinte nur: „ja ich kriege Zwillinge, Sascha macht sich schon Sorgen wie es weitergeht. Aber ich sage es geht alles und zwar mit der nötigen Ruhe." Lachte ich.

28

Nun waren wieder ein paar Wochen vergangen und der Herbst war in greifbare Nähe gerutscht und unsere Hochzeit stand bevor. Die Kinder durften dann Blumen streuen. Hochzeitskleider waren gekauft, Pfarrer bestellt, ein Plakat war im Dorf unten angebracht, das auch jeder wusste was hier oben eine Hochzeit gefeiert wird und kommen darf, dazu wurde ein Catering bestellt, dass hier niemand arbeiten musste. Sofja wurde meine Trauzeugin, Roberto dem Sascha sein Trauzeuge und Werner begleitete mich bis zum Altar. Denn unsere Eltern wollten von Sofja und mir nichts mehr wissen und sagten ihr kommen ab. Was mich ein wenig traurig machte, war aber nur ein kurzer Moment. Ich hatte ja all meine Lieben um mich herum.

Als der Tag gekommen war blieb Sascha bei Roberto, um sich anzukleiden, Sofja und Heike halfen mir mich anzuziehen, dazwischen mussten wir noch den Kindern helfen, Sabrina wollte natürlich eine gleiche Frisur wie ich. Aber auch dies kriegten wir noch hin, den komischerweise war ich die Ruhe selbst. Denn draußen lief alles von allein unter der Aufsicht von Werner. Plötzlich klopfte es, zum Glück war es nur Roberto der fragte ob wir so weit sind. Ich nickte. Alle verließen den Raum, nur Roberto kam noch auf mich zu, nahm mich bei den Händen, gab mir einen Kuss auf die Wange.

„Du siehst fantastisch aus, ich möchte dir noch einmal danken, dass du mich vor einiger Zeit doch noch in deine Familie aufgenommen hast." „Roberto wir vergessen endgültig, die alten Sachen, denn ab heute schauen wir nur noch in die Zukunft." „Danke Martina, du bist so lieb zu allen und warst nie böse auf Sofja, hast sie auch aufgenommen. Wir sind hier eine richtig große super Familie und in ein paar Monaten vergrößert sie sich noch." Er lächelte und strich mir über meinen Bauch. Ich nahm ihn einfach in die Arme und drückte ihn fest an mich.

Da kam Werner rein. „Martina bist du soweit." „Aber sicher." Ich blinzelte Roberto noch einmal zu, bevor er den Raum verließ. Ich hackte mich bei Werner ein und strahlte ihn an. Als wir nach draußen traten ging ein Raunen durch die Gäste. Es waren sehr viele Leute gekommen, da staunte ich wirklich, denn bei uns war jeder willkommen und das wussten auch alle. Als wir langsam dem Sascha entgegen gingen, staunte er nicht schlecht. „Schatz du siehst fantastisch aus," raunte er mir zu. Als wir unsere Ringe getauscht hatten, gaben wir uns einen Kuss, als wir durch die Reihen liefen streuten die Kinder die Blumen. Auch das Wetter meinte es sehr gut und strahlte mit uns um die Wette.

Plötzlich erstarrte ich, denn auf mich kam ein gutaussehender junger Mann entgegen, mit einer hübschen jungen Frau an seiner Seite. Er breitete die Arme aus und ich lief in seine Arme. Er gab mir einen Kuss. „Florian, mit allem habe ich gerechnet aber nicht mit dir. Von wo wusstest du wo wir zu finden sind und was wir heute hier feiern?" „Na frage mal deinen Mann." Lachte Florian. „Übrigens darf ich dir meine Frau Nadine vorstellen?" „Freut mich, herzlich willkommen Nadine." „Kommt ich stelle euch meine ganze große Familie vor." Ich hackte mich bei Florian ein, so liefen wir zu den anderen. Sascha gab ich einen zärtlichen Kuss. Es schauten uns schon alle Neugierig entgegen. „Schatz ich danke dir für die Überraschung. Sascha kennst du ja schon, das ist Roberto mein Schwager, Sofja meine Schwester, Heike und Werner unsere Eltern, jetzt pass gut auf, das ist Florian unser ältester und Sabrina." „Martina du hast ihn nach mir benannt?" „Ja haben wir." Es begrüßten sich alle, danach wurde gefeiert.

Es wurde ein richtig super Fest, bis in die frühen Morgenstunden. Es wurde viel getanzt, gelacht, Spiele gespielt und erst das Essen war fantastisch. Die Kinder durften bis am Schluss aufbleiben, da sie komischerweise heute mal nicht quengelten. Es wurde ja auch noch was für die vielen Kinder geboten.

Wir verbrachten eine super Hochzeitsnacht, blieben am Morgen einfach liegen, wir waren beide Nackt im Bett, hatten nur die Decken über uns. Da wurde die Türe aufgerissen und unsere zwei Rabauken stürmten herein. „Mama, Papa wir haben noch ein Geschenk für euch." Da kam Heike angelaufen. „Entschuldigt, aber die zwei mochten nicht mehr warten." „Kein Problem, nur haben wir nichts an," lachten wir wie aus einem Mund. Anscheinend störte das die zwei nicht, sie sprangen mit einem Satz auf unser Bett.

„So kommt ihr zwei, Mama und Papa möchten sich erst anziehen, und zwar ohne Zuschauer." Die zwei schmollten, gingen aber doch mit Oma raus. Wir lachten, stiegen aus dem Bett und gingen unter die Dusche. Als wir uns Anzogen meinte Sascha: „Schatz am liebsten würde ich mit dir an einen einsamen Ort fahren und ein paar Tag für uns genießen." „Ja das wäre super." Wir wussten ja noch nicht das das schon bald Wirklichkeit wurde.

Als wir nach draußen traten, war ein Tisch super gedeckt, im Grill loderte ein Feuer, wir waren heute ja auch sehr spät und das Frühstück haben wir richtig verpasst. „Mama, Papa, kommt doch endlich, das dauert ja ewig," meckerte Florian. „Wir sind ja schon da." Anscheinend hatten heute die Kinder das Wort. „Na dann sagt schon was los ist, langsam werden auch wir neugierig," meinte Sascha und blinzelte mir zu. „Na das ist ganz einfach," meinte nun Florian. „Wir schicken euch in die Ferien auf ein Schiff." „Was und ihr zwei seit damit einverstanden?" fragte ich. „Na klar, Sabrina und ich passen auf, dass alle genau das tun was wir sagen." Ich hielt mir den Bauch vor Lachen, die anderen fielen in mein Gelächter mit ein.

„Na dann bin ich ja beruhigt. Schatz dann können wir das Geschenk ruhig annehmen." Meinte ich lachend zu Sascha. Wir setzten uns, Roberto grillte das Fleisch, Sofja brachte Getränke, wir saßen mit den Großeltern und Kinder am Tisch und redeten über die Ferien. Sascha meinte:" ist das wirklich euer Ernst, mit dem Schiff?" Werner meinte: „aber sicher, das ist von uns allen, ist aber ein großes Kreuzfahrtschiff und nichts kleines." „Oh danke das ist sehr lieb von euch, damit hätten wir nie gerechnet und wenn die zwei hier aufpassen kann gar nichts mehr schief gehen," lachte ich.

So kam es das wir zwei Tage später von allen begleitet wurden, wo das Schiff ablegen sollte. Wir verabschiedeten uns von allen, stiegen die Gangway hoch und winkten noch zurück. "Schatz jupi nur wir zwei." Jubelte ich. „Ja das wird ein Spaß."

Bibliografische Information der Deutschen
Nationalbibliothek:
Die Deutsche Nationalbibliothek verzeichnet diese
Publikation in der Deutschen Nationalbibliografie; detaillierte
bibliografische Daten sind im Internet über http://dnb.dnb.de
abrufbar.

Herstellung und Verlag: BoD – Books on Demand,
Norderstedt

ISBN: 978-3-7504-1128-9